WO ALTE GEISTER RASTLOS SPUKEN

DIE EASTWIND-HEXEN
BUCH XI

NOVA NELSON

ISBN: 978-1-7330264-7-5 (FFS Media)

Coverdesign © FFS Media LLC

Coverdesign von Molly Burton für cozycoverdesigns.com

Wo alte Geister rastlos spuken, Eastwind Hexen #11 / Nova Nelson -- Erstausgabe

www.novanelson.com

Kapitel Eins

Als Anfang Mai die ersten heißen und schwülen Tage über Eastwind hinwegrollten, suchten Hexen, Werwölfe, Faune, Kobolde und dergleichen jede noch so gute Ausrede, um drinnen bleiben zu können. Und was wäre besser geeignet, um der Hitze zu entkommen, als ein erfrischendes Getränk im Pub?

Manche Leute brauchten eine gute Ausrede, um Zeit im Sheehan's Pub zu vertrödeln, aber ich hatte so etwas nie nötig. Ich arbeitete hart, und wenn der Tag vorbei war, konnte ich meine Zeit verbringen, wie ich wollte – solange es keine dringenden Geisterangelegenheiten gab. So lautete jedenfalls meine Regel.

Und wenn ich diese freie Zeit mit Donovan Stringfellow und einem kühlen Pint verbrachte, umso besser.

Es war Samstagabend, und die Sterne hatten sich perfekt gefügt (ich hatte vielleicht ein paar von ihnen ein wenig in Position geschubst, wenn wir ehrlich sind), sodass ich freie Zeit hatte, ein eiskaltes Pint von Sheehans bestem Ale in der

Hand – und meinen umwerfend heißen Eastwinder Hexen-freund an meiner Seite.

Der Pub war brechend voll wegen des jährlichen Scufflepuck-Turniers. Fiona Sheehan und Kelley Sullivan, die beide nur mit Mühe mit den Getränkebestellungen hinterherkamen, hatten alle Tische und Stühle im Gastraum geräumt, den vorhandenen Scufflepuck-Tisch in die Mitte geschoben und zur Sicherheit noch einen zweiten dazugestellt. Wer keinen Platz auf einem der Barhocker ergatterte, musste stehen.

Donovan und ich hatten keinen Platz an der Bar gefunden. Aber das war okay, denn so hatten wir einen guten Grund, Schulter an Schulter zu stehen, während sein Arm um mich lag und wir mit unseren Getränken in der Hand die ersten Runden beobachteten und darauf warteten, selbst an die Reihe zu kommen.

Letztes Jahr hatte ich das Turnier verpasst, weil ich zu beschäftigt gewesen war – unter anderem damit, im Medium Rare zu kellnern, meinen heißen Boss anzuschmachten und – ach ja – mich an die neue Realität zu gewöhnen, eine Hexe zu sein, die Geister sehen konnte. Das war eigentlich schade, denn all dem nach zu urteilen, was ich gehört hatte, war Tanner bei dieser Veranstaltung ziemlich unterhaltsam gewesen.

Und ja, jetzt habe ich Tanner erwähnt. Vielleicht hätte ich damit noch ein bisschen warten sollen, um Sie davon zu über-zeugen, wie gut ich inzwischen darüber hinweg war.

Im Ernst! Das war ich!

Es waren inzwischen fast sechs Monate vergangen, seit er verschwunden war, und okay, gut – ich dachte manchmal noch an ihn. Was machte er gerade? Ging es ihm gut? Hatte er schon ein neues Leben angefangen? Dachte er noch oft an *mich*?

Der Schmerz über seinen Verlust war noch da, aber da ich noch nie jemand gewesen bin, der irgendwas halbherzig machte, hatte ich mich ziemlich energisch in den Trauerprozess gestürzt, um ihn nach Möglichkeit zu beschleunigen. Je schneller ich akzeptierte, dass er nicht mehr in meinem Leben war, desto besser würde es mir gehen. Wenn das kein Anreiz war, wusste ich auch nicht.

Ja, ich gehe Emotionen mit Logik an. Und meistens funktioniert das.

Aber ich wusste auch, dass ich ihn niemals ganz vergessen würde, solange ich weiter all die Orte in der Stadt frequentierte, die wir früher gemeinsam besucht hatten.

Das Sheehan's war in dieser Hinsicht ein regelrechtes Minenfeld. Wir hatten hier so viele Momente miteinander erlebt. Hier hatte er mich vor der Hexenfalle eines Doppelgängers gerettet, hier hatten wir nach einer Schicht entspannt, hier hatten wir … hier hatten wir … hier hatten wir …

Hier hatte auch der größte Teil der Schwierigkeiten zwischen Donovan und mir angefangen.

Nun ja – damals waren es Schwierigkeiten. Heute war es eher sowas wie die Ursprungsgeschichte unserer Beziehung, die in den letzten Monaten erstaunlich gut gelaufen war. Ich sage „erstaunlich", weil … na ja, Sie kennen Donovan. Und Sie kennen mich. Und Sie kennen uns.

Er zog mich enger an sich und beugte sich zu mir herunter. „Ich könnte gleich dieses Dunkel-Ding von dir brauchen."

Ich lehnte mich etwas zurück und sah ihn an. „Welches Dunkel-Ding?"

„Du weißt schon. Dieses Ding, bei dem du alles Licht verschwinden lässt."

„Löschen?", fragte ich. „Du willst, dass ich das Licht lösche … warum?"

Er wiegte den Kopf hin und her, während er sprach. „Nur, falls wir hinten liegen." Als er bemerkte, dass ich nicht verstand, was er meinte, seufzte er und fügte hinzu: „Immer wenn der andere seinen Wurf macht, löschst du kurz das Licht, und vielleicht verfehlt er dann."

Ich schüttelte den Kopf. „Du bist unmöglich. Das wäre Magie, und du weißt genau, dass Magie beim Turnier verboten ist."

Er verdrehte die Augen. „Ja, ich weiß. Aber wer hier würde überhaupt mitbekommen, was passiert? Hast du das schonmal vor anderen gemacht?"

„Donovan, ich habe das genau in dieser Bar gemacht. Ich bin mir ziemlich sicher, dass einige der Leute heute Abend damals auch hier waren."

„Du meinst mit Slash und Seamus und Lucent?" Ich nickte, doch er winkte mit seiner Bierhand ab, wobei ein kleiner Schwall über den Rand des Krugs schwappte. „Die Hälfte der Leute, die damals hier waren, ist inzwischen verhaftet worden, und die andere Hälfte hat wahrscheinlich sowieso nicht kapiert, was passiert ist."

Da hatte er recht, aber ich hatte noch eine Karte auszuspielen. „Ruby steht genau da drüben. Sie würde sofort wissen, was passiert. Und wenn du glaubst, sie würde mich nicht ohne zu zögern bei Liberty Freeman verpfeifen, kennst du Ruby schlecht."

Donovan seufzte. „Also gut. Kein Löschen. Aber vielleicht kannst du es später machen. Wenn wir allein sind."

Ich stöhnte über seine Albernheit, ließ mich aber trotzdem von ihm küssen. Na gut – „ließ mich küssen" klingt so, als hätte ich ihn den Kuss nicht erwidert. Was ich natürlich getan habe. Und warum auch nicht? Ich hatte schon ein Bier intus, es war längst kein Geheimnis mehr, dass Donovan und ich zusammen waren, und wir waren definitiv nicht das einzige Paar, das sich an diesem Abend im Sheehan's ein bisschen zu nahe kam. Da es Samstag war, hatten viele der Leute hier schon getrunken, seit sie den Laden am Morgen aufgeschlossen hatten.

Hey, jeder muss irgendwann mal entspannen, und wenn man in so unmittelbarer Nähe zu Wesen lebt, die so tödlich sein können wie die Bewohner von Eastwind, wächst das Bedürfnis danach nur noch.

Liberty Freeman rief unsere Namen, und als ich mich aus dem Kuss löste, bemerkte ich, dass plötzlich alle Augen auf uns gerichtet waren. „Oh, Mist", sagte ich. „Ich schätze, wir sind dran."

Emagine Hopespring, an die sich die Stadt in den vergangenen Monaten ziemlich gewöhnt hatte, würde unser Match leiten, während Liberty den anderen Tisch betreute. Beide Dschinn waren zu mächtig, um selbst mitzuspielen — so gut wie alles, was sie taten, hatte einen Hauch von Magie an sich, sodass es für sie unmöglich gewesen wäre, die „keine Magie"-Regel einzuhalten. Also sagten sie stattdessen die Spiele an, was wahrscheinlich ohnehin besser war — es stellte sich heraus, dass Libertys Charisma und seine Fähigkeit, eine Menge Anwesender zu unterhalten, nur von der seiner inzwischen Verlobten übertroffen wurden.

Emagine ging der Form halber noch einmal die Hausregeln durch, während Donovan und ich uns an beiden Enden des Tisches aufstellten. Unsere Gegner waren Landon Hawker und Grace Merryweather, und Donovan hatte das Ganze als „leichten Sieg" für uns bezeichnet. Ich war mir da nicht so sicher. Sicher, Grace konnte jeden Moment ihr Baby bekommen und interessierte sich viel mehr dafür, das Buch zu Ende zu lesen, das sie gerade las, als im Sheehan's rumzuhängen, aber Landon spielte dieses Spiel seit Jahren gegen die Besten der Besten — Ted und Graf Sebastian Malavic. Er war eine Herausforderung.

Sie teilten sich auf, und Landon kam auf meine Seite, was

bedeutete, dass wir beide in jeder Runde gegeneinander antreten würden, während Donovan und Grace am anderen Ende des Tisches um Punkte spielten.

Ich war nicht schlecht in diesem Spiel. In meinen früheren Jahren hatte ich oft Shuffleboard in Bars gespielt, damals, bevor ich gestorben und nach Eastwind gekommen war. Und Scufflepuck war dem ziemlich ähnlich – nur mit deutlich mehr kleinen Explosionen und einer etwas anderen Punktewertung.

Außerdem hatte Donovan im Monat zuvor einen Scufflepuck-Tisch in seinem Haus herbeigezaubert und mich trainiert, und zwar weit über den Punkt hinaus, an dem es noch Spaß machte. Zum Glück kannte ich einen Weg, eine Trainingseinheit schnell zu beenden. Und diesen Trick hatte ich schon unzählige Male benutzt. Er bestand darin, sein Hemd aufzuknöpfen, und es wirkte fast wie Magie.

Aber auch wenn Donovan von uns beiden eindeutig der Wettbewerbsorientiertere war – wenn ich schon spielte, dann spielte ich, um zu gewinnen.

Ich nickte Landon zu. „Es ist okay, wenn du ein bisschen eingerostet bist."

Der Nordwind blinzelte mich an. Seine rosigen Wangen waren vom Alkohol noch stärker gerötet. „Ich bin nicht eingerostet."

„Natürlich nicht. Es ist nur so, dass du neuerdings viel Zeit zu Hause mit Grace verbringst und nicht besonders viel im Sheehan's bist, um deine Würfe zu üben."

Er hob das Kinn und verengte die Augen. „Du versuchst, mich nervös zu machen. Das lasse ich nicht zu."

Ich lachte leise. „Schon gut, schon gut. Ich sag' ja nur: Es ist nichts dabei, die Frau, die man liebt, und ihr ungeborenes Baby über den Sieg in irgendeinem dämlichen Turnier zu stellen. Wenn also zum Beispiel deine Würfe alle ein kleines bisschen nach rechts gehen und in der Rinne landen, werde ich dich dafür nicht verurteilen."

„Du verbringst zu viel Zeit mit Donovan", schnaubte er, als Emagine uns die Pucks reichte.

Landon schloss die Augen, atmete tief durch, als wolle er sich sammeln, und schob dann seinen Puck über den Tisch.

Fänge und Klauen! Das war ein perfekter Wurf.

„Na schön", sagte ich. „Dann werde ich das wohl auf die altmodische Art gewinnen müssen." Ich warf meinen ersten Puck, und er ging zu weit nach rechts – direkt in die Rinne.

Landon warf mir einen kurzen Seitenblick zu, und ich sagte: „Ich weiß, ich weiß."

Er machte seinen zweiten Wurf, und auch wenn er nicht so viele Punkte brachte wie der erste, war er immer noch solide.

Dann war ich wieder dran.

Doch bevor ich werfen konnte, sagte er: „Scheint, als wäre deine ganze Sorge um mich nur Projektion gewesen. Aber das ist schon okay. Ich habe erwartet, dass du eingerostet bist. Donovan hat dich schon immer von den wichtigeren Dingen abgelenkt."

Ich hielt mitten in meiner Wurfvorbereitung inne und richtete mich auf. „Ich glaube nicht, dass mir gefällt, was du damit andeuten willst."

Er hob beschwichtigend die Hände. „Ich deute nichts an. Ich glaube, ich habe ziemlich klar gesagt, was ich meine."

Na sieh mal einer an. Der schüchterne Nerd, der früher Teil meines Zirkels gewesen war, hatte in den letzten sechs Monaten ein bisschen Selbstvertrauen getankt. Gut für ihn.

Ich warf meinen Puck, und er krachte gegen seinen mit der niedrigeren Punktzahl, sodass beide explodierten und die Zuschauer jubelten und ihre Gläser hoben.

„Gut gemacht", sagte er aufrichtig.

Und genau da begann das Match wirklich heiß zu werden.

Kapitel Zwei

Wenn der Punktestand ein Hinweis war, dann war ich nur halb so gut wie Landon. Zum Glück für mein Team war Donovan etwas mehr als doppelt so gut wie Grace und hatte sie in jeder Runde regelrecht abgefertigt. Aber jetzt ging es um die letzte.

Donovans Pucks lagen gut über das Ziel verteilt, aber alles, was Grace tun musste, um eine Verlängerung zu erzwingen, war, einen von Donovans vier Pucks zu sprengen. Ein kluger Stoß im richtigen Winkel würde reichen.

„Du schaffst das!", rief Landon von unserem Ende des langen Tisches. „Entspann dich einfach."

„Nur damit du's weißt", murmelte ich ihm zu, „der Satz ‚Entspann dich' hat noch nie wirklich dazu beigetragen, dass sich eine Frau tatsächlich entspannt."

Grace machte ihren Wurf, und er sah gut aus, aber ein unglücklicher Drall ließ den Puck leicht nach links ziehen, Donovans Puck verfehlen und über den Rand des Spielfelds in die Rinne fallen.

Sofort tat es mir leid – dieses Gefühl, das man immer hat, wenn man nette Leute in einem Wettbewerb besiegt. Allerdings half die Freude darüber, die erste Runde eines K.-o.-Turniers überstanden zu haben, ganz gut dabei, das schlechte Gewissen zu lindern.

Grace dagegen schien sich nicht im Geringsten daran zu stören. Und als ich mich zu Landon umdrehte, sah ich, dass er schon mit einem strahlenden Lächeln im Gesicht zu ihr hinüberlief.

„Du hast das großartig gemacht", sagte er, nahm ihre Hand und bahnte ihr durch die Menge einen Weg.

Donovan erschien neben mir.

„Gute Arbeit, Ashcroft."

Er hob eine Hand, und ich schlug ein.

„Wow. Nichts ist romantischer, als beim Nachnamen genannt zu werden."

Donovan zuckte mit den Schultern.

„Für Romantik ist später noch Zeit. Jetzt ist Zeit für den Sieg."

„Bis dahin haben wir noch einen weiten Weg vor uns. Wie wäre es, wenn wir erst einmal mit einem Siegesdrink anfangen?"

Er zeigte auf mich und nickte.

„Gute Idee."

Dann verschwand er in Richtung Bar.

Ich entdeckte Landon und steuerte direkt auf ihn zu. Die Menge bewegte sich zur Seite, während die nächsten Teams sich durch die Leute schoben, um ihre Plätze an den Tischen einzunehmen.

An Libertys Tisch machten sich Stella und Kayleigh Lytefoot bereit für ein Match gegen Oliver Bridgewater und Zoe Clementine. Und an Emagines Tisch traten Jane Saxon und ihre Schwägerin Sasha Fontaine gegen Stu Manchester und Ezra Ares an.

Jemand hatte Grace einen Barhocker gebracht, und ich trat auf Landons andere Seite.

„Gutes Spiel."

Er lächelte, während Grace die Spiele mit halbherzigem Interesse beobachtete, mit einer Hand ihren großen Bauch stützte und mit der anderen seine hielt.

„Du hast das Richtige getan", sagte ich so leise, dass nur er es hören konnte.

Er sah mich neugierig an.

Ich erklärte: „Nachdem ihr verloren habt, bist du sofort zu ihr gegangen und hast sie unterstützt."

„Natürlich", sagte er. „Ich liebe sie."

Er warf ihr einen kurzen Seitenblick zu, ließ dann ihre Hand los und versprach, gleich wieder da zu sein. Dann nickte er mir zu, ihm zu folgen.

Sobald ein paar Leute zwischen uns und Grace standen, grinste er wie ein Idiot und zog etwas aus seiner Tasche. Es war eine kleine Schachtel, und ich wusste schon, was darin war, noch bevor er sie öffnete und mir den funkelnden Stein zeigte.

„Fänge und Klauen, Landon!"

Ich blickte zu ihm auf. Er grinste immer noch.

„Wann willst du es machen?"

„Weiß ich noch nicht", sagte er. „Ich warte nur auf den richtigen Moment."

„Wenn man bedenkt, dass sie jeden Moment platzen könnte, solltest du vielleicht eher früher als später darüber nachdenken."

„Ich weiß, ich weiß."

„Zeig ihn nochmal."

Er hielt den Ring stolz hoch.

„Meine Güte. Ich glaube nicht, dass ich je einen so großen Saphir gesehen habe. Was bezahlen sie euch da unten in den

Katakomben eigentlich?"

„Genug, damit ich weiter in den Katakomben arbeiten will. Und bevor sie in mein Leben gekommen ist, hatte ich ja auch nichts, wofür ich das Geld hätte ausgeben können, also ..."

Ich nickte.

„Wo du recht hast."

Ich klopfte ihm auf den Rücken.

„Ich freue mich für dich."

Sein Lächeln verblasste ein wenig.

„Er hätte dir einen Antrag gemacht."

„Was? Wer?"

Er beugte sich näher zu mir.

„Tanner. Er hätte ... er hat mir gesagt, dass er schon einen Ring ausgesucht hat."

Mein Mund blieb offen stehen.

„Ich ... äh ... warum erzählst du mir das?"

„Beim mächtigen Wind, Nora! Weil ich dich mag. Und ich habe auch ihn gemocht. Wir waren zusammen in einem Zirkel! Ich kenne euch beide besser als die meisten anderen hier."

„Donovan war auch im Zirkel", sagte ich. „Den vergisst du gerade."

Er presste die Zähne zusammen – ein Ausdruck von Entschlossenheit, den ich bei ihm nicht gewohnt war.

„Ich vergesse ihn nicht. Und ich freue mich, dass ihr beide zusammen glücklich seid, aber du weißt genauso gut wie ich, dass es nicht dasselbe ist. Du und Tanner wart perfekt fürein-ander. Ihr habt euch gegenseitig besser gemacht."

„Du hast keine Ahnung, wovon du redest", schnauzte ich ihn an und bereute es sofort.

„Vielleicht hast du recht. Also, was dann – du und Dono-van, ihr heiratet irgendwann?"

„Ich ... wir sind noch lange nicht so weit. Aber vielleicht."

„Nora, komm schon. Ich sage dir das nur, weil es sonst

niemand tut. Und du warst für mich da, als ich dachte, Grace wäre ..."

Er brach ab, doch dann straffte er die Schultern wieder und redete weiter. Und ich – immer noch zu verblüfft von seiner ungewöhnlichen Offenheit – hörte zu.

„Du wirst es bereuen, wenn du ihn aufgibst. Als Grace verschwunden war und wir alle dachten, sie wäre tot ... Ich gebe es nur ungern zu, aber ich habe sie eine Zeit lang aufgegeben. Und das war der größte Fehler meines Lebens. Ich schaudere bei dem Gedanken, dass ich vielleicht nicht alles getan hätte, um sie zu finden."

„Aber alle hatten doch geglaubt, ihre Leiche gefunden zu haben. Du dachtest, sie sei tot. Es ist keine Schande aufzugeben, wenn man glaubt, jemand sei tot."

Er kniff die Augen zusammen.

„Ausgerechnet du solltest wissen, dass der Tod nicht viel bedeutet, wenn es darum geht, zwei Leute zu trennen. Und außerdem – Tanner ist doch nicht tot, oder? Glaubst du wirklich, du kannst mit Donovan weitermachen, mit ihm ein Leben aufbauen und mit ihm alt werden, wenn du weißt, dass du nicht jede Möglichkeit ausgeschöpft hast, Tanner zurückzuholen?"

„Und wie soll ich das bitte machen? Ein weiteres Portal öffnen und die ganze Stadt wieder in Gefahr bringen?"

„Ja!", rief er. „Und niemand, der je verliebt war, würde es dir vorwerfen, wenn du es tätest. Wie kannst du weitermachen, wenn immer noch für ihn die Chance besteht, zu dir zurückzukommen – oder für dich, zu ihm zu gehen?"

Mir fehlten für einen Moment die Worte. Aber nur damit das klar ist – nicht, weil er einen wunden Punkt getroffen hätte.

Okay, vielleicht hatte er ein oder zwei wunde Punkte getroffen. Aber ...

„Fänge und Klauen, Landon! Was versuchst du hier eigentlich? Glaubst du, es hat mich nicht zerrissen, als er und Eva gegangen sind? Glaubst du, ich hätte nicht davon geträumt, Wege zu finden, ihn zu finden? Aber das ist nicht realistisch!

Wir hatten Glück. Dieses Portal, das sich mitten in der Stadt aufgetan hatte – die Kreaturen, die da hindurchgekrochen waren, hätten jeden von uns töten können. Dass sie es nicht getan haben, ist ehrlich gesagt unfassbar. Und du willst, dass ich nochmal mit dieser Magie herumspiele, um jemanden zu finden, der aller Wahrscheinlichkeit nach in einer anderen Welt vollkommen sicher und wohlbehalten lebt?

Fänge und Klauen! Trotz allem habe ich es endlich geschafft, darüber hinwegzukommen und wieder glücklich zu sein. Warum versuchst du, das kaputtzumachen?"

Seine Entschlossenheit begann jetzt zu bröckeln.

„Das tue ich nicht. Ich wollte nur –"

„Ich weiß, dass du Tanner immer lieber mochtest als Donovan. Du und jeder andere in dieser drachenverfluchten Stadt! Aber was erwartest du eigentlich von mir?"

Jetzt war er sprachlos. Er öffnete den Mund, schloss ihn aber gleich wieder.

„Genau. Du solltest besser zu Grace zurückgehen. Sie wird sich fragen, wo du geblieben bist."

Er verstand den nicht besonders subtilen Wink, drehte sich um und verschwand zwischen den Zuschauern.

War das seine Revanche für mein Necken während des Spiels gewesen?

Ich konnte mir darauf keinen Reim machen, und ich bekam auch keine Gelegenheit, weiter darüber nachzudenken, denn plötzlich packte mich jemand von hinten am Arm – so unerwartet, dass ich fast einen halben Meter in die Luft sprang.

Kapitel Drei

„Oh, sorry", sagte Bryant Watson.

Ich senkte den Blick auf seine Hand, die noch immer auf meinem Arm lag, und er ließ sofort los.

„Hast du Dmitri gesehen?", fragte er.

Ich schüttelte den Kopf. „Wen?"

Ich arbeitete nun schon seit über einem Jahr mit Bryant im Medium Rare zusammen, aber ich wusste erstaunlich wenig über ihn. Ich war mir nicht einmal sicher, wie alt er war. Werwölfe legten keinen großen Wert auf detaillierte Geburtsurkunden, wichtig war nur, dass darauf festgehalten wurde, aus welchem Rudel jemand stammte, also halfen seine Personalunterlagen auch nicht dabei, sein Alter einzuschätzen (ich hatte nachgesehen). Bryant hatte ein jugendliches Gesicht, das ihn aussehen ließ, als wäre er ungefähr in meinem Alter oder vielleicht etwas jünger, aber sein voller grauer Haarschopf sprach wiederum für ein höheres Alter.

„Dmitri Flint."

Ich schüttelte erneut den Kopf. „Ich weiß nicht, wer das ist."

Er verdrehte die Augen. „Stimmt. Ich vergesse immer, dass du nie zu den Zirkelveranstaltungen gehst. Dmitri ist ein Ostwind. Aber wichtiger ist: Er sollte eigentlich mein Partner für das Tournier sein. Wir sind als Nächste dran, und ich habe ihn noch nirgends gesehen."

„Tut mir leid", sagte ich. „Vielleicht kannst du Liberty fragen, ob er euer Match verschieben kann."

Er runzelte die Stirn, und zwischen seinen Augenbrauen bildete sich eine tiefe Falte.

„So oder so", sagte ich. „Amüsier' dich. Schließlich hast du heute Abend frei."

Ich hatte das Medium Rare an diesem Tag extra früher geschlossen, damit alle zum Turnier kommen konnten. Nun ja – alle außer der Handvoll Teenager, die bei uns bedienten. Greta Fontaine und ihre Clique mussten sich wohl eine andere Beschäftigung suchen, denn im Pub galt heute Abend: nur für Erwachsene.

Bryant nickte, doch seine Sorge war ihm weiterhin anzusehen, bevor er in der Menge verschwand.

Donovans Stimme riss mich aus der Beobachtung eines hitzigen Spiels zwischen den Lytefoots und Jane.

„Da bist du ja. Ich dachte schon, du wärst losgezogen, um irgendeinen Geist zu jagen."

Er reichte mir ein frisches Getränk, das ich dankbar annahm.

„Nein. Ich hab' mich nur ein bisschen unter die Leute gemischt."

„Bereit? Wir sind als Nächste dran."

„Gegen wen spielen wir?"

Er zögerte einen Moment, bevor er sagte: „Stu und Ezra. Aber keine Sorge – ich habe gehört, Stu ist gerade nicht in Form."

Ich ignorierte ihn und blickte stattdessen zur Anzeigetafel

an der Wand. Stu und Ezra hatten in der ersten Runde mit Zoe und Oliver kurzen Prozess gemacht. Es war vollkommen unmöglich, dass sie so klar gewonnen hätten, wenn einer von ihnen nicht wirklich in Form gewesen wäre.

Großartig!

Als Liberty die nächsten beiden Matches der zweiten Runde ankündigte – eines davon unseres –, begannen ausgerechnet zwei Zuschauer besonders laut zu jubeln.

Ich blickte in ihre Richtung.

Ruby und Sheriff Bloom saßen auf zwei goldenen Hockern, die definitiv nicht aus dem Sheehan's stammten. Der Engel hatte sie vermutlich selbst herbeigezaubert. Und wer würde sie schon darauf hinweisen, dass eigentlich nur Stehplätze vorgesehen waren?

Doch als ich die beiden genauer betrachtete, wurde schnell klar, dass sie ganz sicher nicht für Donovan und mich jubelten.

„Verräterin", schnaubte ich zu Ruby, als wir an ihnen vorbeigingen.

Sie zuckte schamlos mit den Schultern. „Ich feuere eben gern das Gewinnerteam an."

Bloom hob ihr Glas mit Rotwein, und Ruby stieß damit an. Die beiden brachen in schallendes Gelächter aus.

„Gut zu wissen, dass die Stadt heute Abend ohne jeden Schutz ist", sagte ich zu Sheriff Bloom.

„Ach, bitte", erwiderte sie. „Nur weil ich hier bin, heißt das nicht, dass ich im Notfall nicht meinen Pflichten nachkommen kann."

„Nein", sagte Donovan, „aber der Wein ..."

Bloom hob eine Augenbraue. „Sieht so aus, als würde mir jemand den Titel des kritischsten Stadtbewohners streitig machen."

Sie wandte sich Ruby zu. „Dann kann ich ja endlich in Rente gehen."

„Und wir können endlich die Reise nach Avalon machen, von der wir schon seit Jahren reden.“

Wieder brachen die beiden in Gelächter aus.

Ich beschloss, dass es Zeit war, weiterzugehen – Donovan würde nichts davon haben, wenn er weiter den Sheriff provozierte.

Stu und Donovan standen sich an einem Ende des Tisches gegenüber, Ezra und ich am anderen.

Eigentlich hätte ich lieber gegen Stu gespielt. Ich war ziemlich sicher, dass ich ihn leichter aus dem Konzept bringen konnte. Wir hatten so eng zusammengearbeitet, dass ich ein paar Register kannte, die ich ziehen konnte, um ihn aus dem Gleichgewicht zu bringen und mir eine Chance zu verschaffen.

Aber mit Ezra war das nicht so.

Der Südwind war für mich noch immer genauso rätselhaft wie eh und je.

So ziemlich alles, was ich über ihn wusste, war, dass er vor etwa vierzig Jahren aufgehört hatte zu altern, einmal was mit Ruby gehabt hatte (und es während des Liebeszaubers über der Stadt offenbar wieder hatte aufleben lassen) und dass er einem Kobold Katzengold als wertvolle Ware aufschwatzen könnte.

Nichts davon verschaffte mir irgendeinen Vorteil – zumindest nicht, soweit ich erkennen konnte.

Trotzdem versuchte ich es.

Stu und Donovan begannen mit ihren Würfen, und Donovan verschaffte uns einen knappen Vorsprung.

Jetzt war ich dran, es nicht zu vermasseln.

Ezra warf zuerst – allerdings nicht, bevor ich erwähnte, dass ich Ruby dabei beobachtet hatte, wie sie Count Malavic einen ziemlich verführerischen Blick zugeworfen hatte.

Doch der Südwind lachte nur.

„Sie und jede andere, die glaubt, niemand würde hinschauen."

Dann ließ er seinen Puck direkt ins Zentrum des Ziels gleiten.

Beim Rätsel der Sphinx! So viel zur Ablenkung.

Ich nahm meinen Puck und atmete tief ein, um mich zu sammeln.

Donovan stand am anderen Ende des Tisches und sah mich über das Spielfeld hinweg an. Seine schönen blauen Augen waren intensiv und durchdringend.

... Konnte ich mir vorstellen, ihn zu heiraten?

Mein Wurf sah etwa eine halbe Sekunde lang vielversprechend aus, bevor er weit nach außen abdriftete und in der Rinne landete.

Donovan verzog das Gesicht, sagte aber nichts, und ich fluchte leise vor mich hin.

Konzentrier dich, Nora!

Warum dachte ich überhaupt über Heirat nach? Bei Tanner hatte ich schließlich auch nicht darüber nachgedacht, solange er noch hier gewesen war.

Oder?

Ezra legte einen weiteren unglaublichen Wurf hin, und ich funkelte Landon durch die Menge hinweg an. Das war doch seine Rache, oder? Ich hatte ihn besiegt, also brachte er mich jetzt aus dem Konzept – und tat dabei so, als wäre es vollkommen unbeabsichtigt.

Ein Nordwind würde so ein langfristiges Spiel spielen.

Ich schüttelte den Gedanken ab. Ein Nordwind konnte sich zwar sowas ausdenken, aber Landon würde es nicht tun. Das lag ganz allein an mir.

Ich konzentrierte mich wieder, und mein nächster Wurf war zumindest etwas besser. Er brachte uns einen Punkt ein –

nichts im Vergleich zu den zehn Punkten, die Ezra in dieser Runde schon gesammelt hatte, aber besser als nichts.

Als sein nächster Wurf mit seinem Puck genau im Ziel zusammenstieß, beide explodierten und ihm weitere zehn Punkte einbrachten, platzte Donovan der Kragen.

Er riss die Arme in die Höhe und wandte sich Liberty zu.

„Das gibt's doch nicht! Ich habe schon gegen Ezra gespielt, und er ist nicht *so* gut."

Ezra zuckte mit den Schultern. „Ich habe geübt."

„Magie geübt", blaffte Donovan zurück.

Fänge und Klauen – würde das jetzt in einer Prügelei enden?

„Werft Stringfellow raus!", rief Ruby.

Ich warf ihr einen scharfen Blick zu, und sie trank seelenruhig einen Schluck Wein.

„Hey", sagte ich und stellte mich zwischen Donovan und Liberty, bevor er tatsächlich noch versuchte, sich mit einem verdammten Dschinn anzulegen. „Lass gut sein. Das war einfach ein guter Wurf."

Donovan biss die Zähne zusammen, tat aber, worum ich ihn gebeten hatte.

Doch in der letzten Runde war ich vollkommen auf seiner Seite.

Es war einfach ein Ding der Unmöglichkeit, dass Ezra *keine* Magie benutzt hatte. Und falls noch irgendjemand daran gezweifelt hatte, hätte sein vierter und letzter Wurf in der letzten Runde alle Zweifel beseitigen müssen.

Sein Puck war eindeutig auf dem Weg in die Rinne gewesen, als sich die Richtung seines Dralls abrupt änderte und er wieder zur Mitte des Tisches zurücksteuerte, um etwa einen halben Zentimeter neben dem innersten Zielkreis zu landen.

Donovan war vollkommen außer sich – gestikulierte wild, lief auf und ab und appellierte an Liberty.

Aber ich hatte noch einen Wurf übrig.

Wenn ich irgendwie so zielen konnte, dass mein Puck den nächstgelegenen von Ezras Pucks im richtigen Winkel sprengte, konnte ich vielleicht eine Kettenreaktion auslösen, die noch zwei weitere erwischte.

Das würde gerade genug seiner Punkte auslöschen, damit wir gleichauf lägen und eine weitere Runde spielen müssten.

Ich richtete meinen Wurf aus, ignorierte Rubys und Blooms Sprechchöre für „Team Stuzra" genauso wie Donovans anhaltende Proteste, und konzentrierte mich.

Ich konnte diesen Wurf schaffen.

Vielleicht nicht jedes Mal – aber ich hatte ihn schon einmal geschafft, als wir in Donovans Wohnzimmer geübt hatten.

Der Puck glitt über den Tisch, prallte gegen Ezras nächstgelegenen Puck und löste eine kleine Explosion aus.

Genau wie geplant.

Aber das war auch schon alles.

Der Winkel war nicht ganz richtig gewesen, und die erhoffte Kettenreaktion blieb aus.

Wir hatten verloren.

Es war ärgerlich, aber ich war auch nicht gerade untröstlich darüber. Ich hatte nie wirklich erwartet, bis ins Finale zu kommen, also war es nur eine Frage der Zeit gewesen, wann wir ausscheiden würden.

Während Donovan weiter Liberty anflehte, Stu und Ezra wegen Verstoßes gegen die Magieregeln zu disqualifizieren, kamen die Sieger auf mich zu.

Stu Manchester nickte.

„Gutes Spiel."

„Ebenso."

„Ach was", sagte der Deputy, „das war seit Langem mein schlechtestes Spiel."

Ich lächelte und zuckte mit den Schultern.

„Dann hast du es wenigstens hinter dir.“

Ezra sagte: „Ich dachte, du würdest es mit dem letzten Wurf noch schaffen.“

„Dafür hätte es eine ordentliche Portion Glück gebraucht“, sagte ich. „Oder Magie.“

„Ah“, sagte er, „aber wir beide wissen, dass Magie gegen die Regeln ist.“

Er zwinkerte mir zu.

Ich nickte. „Und wir beide wissen, dass du Regeln hasst.“

Er lachte leise, bestätigte aber weder die Andeutung noch widersprach er. Dann gingen die beiden hinüber, um sich bei ihrer jubelnden Fangruppe zu bedanken.

Donovan hatte inzwischen aufgehört, Liberty anzuschreien.

Das konnte entweder bedeuten, dass der Dschinn die Geduld verloren und ihn aus der Existenz geblinzelt hatte — oder dass Donovan verschwunden war, um auf die Toilette zu gehen oder sich ein weiteres Getränk zu holen.

So oder so hatte er sich nicht einmal die Mühe gemacht, „Gutes Spiel“ zu mir zu sagen oder mir zu versichern, dass ich es nicht vermasselt hatte.

Vielleicht war er sauer auf mich.

Ich beschloss, dass es mir eigentlich egal war.

Er würde sich schon wieder einkriegen.

Er war nunmal sehr ehrgeizig – das wusste ich schon vom Lunasa-Kochwettbewerb im letzten Jahr und, nun ja, eigentlich von allem, was er jemals tat.

Ehrgeizig zu sein war schließlich keine Sünde.

Gaia wusste, dass ich selbst auch hin und wieder ziemlich ehrgeizig sein konnte.

Ich entdeckte Zoe und Oliver, denen ich heute Abend noch nicht Hallo gesagt hatte.

„Falls es dich tröstet", sagte Oliver, sobald er mich sah, „ich glaube, Ezra hat tatsächlich Magie benutzt."

Ich winkte ab. „Schon gut. Es ist wirklich nicht so wichtig."

Ich nickte Zoe zu. „Wie läuft's?"

Wie immer strahlte sie, als hätte ich ihr allein mit der Begrüßung schon ein Kompliment gemacht.

„Oh, großartig! Also, ich meine, wir sind zwar in der ersten Runde rausgeflogen, aber das war zu erwarten gewesen. Ich bin ziemlich schlecht, und wir mussten gegen die Lytefoots antreten. Die haben schließlich ein paar hundert Jahre Zeit zum Üben gehabt."

Oliver sah sie dabei an, als wäre jedes ihrer Worte ein kleines Geschenk nur für ihn. Er strich ihr über den Rücken und sagte:

„Du hast wirklich gut gespielt."

Ich musste mir ein Schmunzeln verkneifen, das ihn nur in Verlegenheit gebracht hätte, und sagte stattdessen:

„Ich glaube, ich bin fast bereit für den nächsten Test."

Unser Unterricht hatte sich in letzter Zeit mehr und mehr zu einer Art Fernstudium entwickelt, und ich glaube, damit konnten wir beide ganz gut leben.

Oliver war zwar keine unangenehme Gesellschaft, aber ich hatte nicht den Eindruck, dass er das Gleiche über Ruby und mich dachte. Nicht, dass er uns nicht mochte – nur dass Ruby sich ungern an Regeln hielt und ich jede Gelegenheit nutzte, um mich vor den Lehrbüchern und Zauberbüchern zu drücken, die er mir ständig aufdrängen wollte.

Unsere Unterrichtsstunden waren inzwischen offiziell Stress für ihn – ganz zu schweigen davon, dass sie ihn wertvolle Zeit mit Zoe kosteten.

Also hatten wir mit der Mancer Academy vereinbart, dass Oliver mich einfach jedes Mal prüfte, wenn ich glaubte, einen Stoffabschnitt wirklich verstanden zu haben.

Wie wir sie dazu gebracht hatten?

Sie waren nie davon ausgegangen, dass der Zirkel sowas absegnen würde, und waren nur allzu froh gewesen, die Verantwortung abzugeben.

Unglücklicherweise für die Akademie wussten sie nichts von den besonderen Umständen.

Nämlich davon, dass ich mit meinem Wissen darüber, dass Hohepriesterin Springsong ihre Vorgängerin ermordet hatte, nicht sofort zur *Eastwind Watch* gerannt war – und dass es deshalb durchaus in ihrem Interesse lag, mich mit kleineren Gefälligkeiten zufriedenzustellen.

Der Zirkel hatte die neue Ausbildungsstruktur deshalb blitzschnell abgesegnet.

Nichts bringt die Räder der Bürokratie so gut zum Laufen wie ein kleines Druckmittel.

„Was meinst du mit dem nächsten Test?“, fragte Oliver. „Du musst den letzten doch nochmal wiederholen.“

„Ich dachte, wir lassen die praktischen Prüfungen aus“, sagte ich. „Du weißt doch, dass ich mit einem Zauberstab immer noch furchtbar bin – und wahrscheinlich auch immer bleiben werde.“

Er trat unbehaglich von einem Fuß auf den anderen.

„Ich kann dich nicht einfach bestehen lassen, wenn du nicht einmal grundlegende Zauber ausführen kannst.“

„Doch, kannst du. Das ist ganz leicht. Niemand wird es merken. Und wenn irgendjemand im Zirkel herausfindet, dass ich mich nicht einmal aus einer Papiertüte herauszaubern kann, dann würde ihnen das vermutlich sogar den Tag versüßen. Vielleicht sogar die ganze Woche.“

Zoe nickte zustimmend neben mir, doch Oliver wirkte nur noch unbehaglicher, also sagte ich: „Weißt du was? Warum reden wir überhaupt hier im Pub darüber? Vergessen wir das einfach und machen am Montag weiter.“

Das schien ihn sofort zu erleichtern, und ich trat einen Schritt zur Seite, damit ich ihnen nicht die Sicht auf die nächsten Spiele versperrte.

Dabei stieß ich gegen etwas Festes und sagte automatisch: „Oh, sorry."

Dann sah ich, dass ich gegen Ansel Saxon gelaufen war.

Er bemerkte es nicht einmal.

Mit einem Bier in der Hand starrte er finster auf den Tisch, an dem seine Frau und seine Schwester gleich gegen zwei Kobolde antreten würden, die ich nicht kannte.

Neben ihm stand Darius Pine.

Die beiden Werbären waren in der letzten Runde ausgeschieden und schienen sich gerade ausgiebig in ihrem Frust zu suhlen.

„Sie muss heimlich geübt haben, ohne es mir zu sagen", knurrte Ansel. „Nur so konnten sie uns schlagen."

Darius brummte zustimmend.

„Einen Moment lang dachte ich schon, Sasha würde das Spiel absichtlich verlieren, nur um sich bei dir einzuschmeicheln."

„Ach, hör auf", sagte Darius. „Keine Schwester von dir würde je sowas tun."

„Wenn sie es für jemanden tun würde, dann für dich."

„Warum lässt du das nicht endlich gut sein? Das ist Jahre her. Wir waren damals beide kaum mehr als Jungbären."

Anscheinend hob es Ansels Stimmung, Darius zu necken, denn er sagte grinsend:

„Na klar, und jetzt seid ihr ausgewachsene Bären. Könnte doch Spaß machen. Und jetzt, wo sie wieder zu haben ist –"

„Sei nicht seltsam."

„Was? Ich hätte nichts dagegen, dich als Schwager zu haben! Nimm es einfach als Kompliment."

„Ich werde deiner frisch wieder alleinstehenden Schwester nicht den Hof machen, Ansel."

Darius machte eine Pause und fügte dann hinzu:

„Wir wissen beide, dass ich es ohnehin irgendwie vermasseln würde."

Armer Darius. Er war quasi verflucht, wenn es um Liebe ging. Der Ermittler/Anführer der Werbären hatte unter allen Männern in Eastwind wirklich das schlimmste Pech mit den Frauen der Stadt.

Na ja – vielleicht abgesehen von Stu.

Aber Stu strengte sich bei diesem Thema auch nur halb so sehr an wie Darius.

Und dabei hatte Darius in Sachen Aussehen wirklich einiges zu bieten.

Donovan tauchte mit einem frischen Getränk auf, und ich erwartete, dass er es mir reichte. Stattdessen trank er selbst einen Schluck daraus.

„Gutes Spiel", sagte er steif.

„Du hast mir keins mitgebracht?" Ich nickte zu seinem Getränk.

„Hm? Ach so. Ich habe dir doch vorhin schon eins geholt. Ich wusste nicht, dass du noch eins willst."

Ich entschied mich, nicht darauf hinzuweisen, dass ich vorhin auch nicht danach gefragt hatte, sondern sagte nur:

„Schon gut. Ich muss sowieso mal für kleine Mädchen."

❧

Vor dem Finale gab es eine längere Pause, und währenddessen fand Jane – inzwischen selbst ausgeschieden – mich in der Menge.

Wir hatten gerade angefangen, einige der Ereignisse des Abends Revue passieren zu lassen, als Sasha Fontaine hinter

Jane stehen blieb, sich aber nicht an unserem Gespräch beteiligte.

Während Jane lachend davon erzählte, wie sehr ihr Mann schmollte, kam mir der Gedanke, ob Sasha vielleicht Gretas Mutter sein könnte.

Ansel hatte ein paar jüngere Schwestern, aber wenn diese Frau tatsächlich die Mutter der jungen Kellnerin aus dem Medium Rare war, erklärte das die angespannte Stimmung ziemlich gut. Gretas Mutter hatte ihre Tochter während der schlimmsten Spannungen zwischen Hexen und Werwesen vor etwa einem halben Jahr gezwungen, ihren Job bei mir zu kündigen.

Inzwischen hatte sie ihr zwar erlaubt zurückzukommen, aber ich hatte keinen Grund zu glauben, dass sie plötzlich angefangen hatte, Hexen zu mögen.

Zum Glück scherte sich Jane keinen Deut um solche Dinge. Sie suchte sich ihre Freunde danach aus, wen sie mochte – nicht danach, wen sie nach Meinung anderer mögen sollte.

Trotzdem hielt Sasha ihren Körper ein wenig von uns abgewandt, und als ich ihr eine Frage zum Spiel stellte, um sie ins Gespräch einzubeziehen, drehte sie sich einfach um und ging.

„Tut mir leid", sagte Jane. „Nimm's nicht persönlich."

„Warum sollte ich das nicht? Es wirkt schon ziemlich persönlich."

Sie verzog das Gesicht. „Ja, also ... ich schätze, das ist es auch."

„Sie ist Gretas Mutter, oder?"

„Ja."

„Dann musst du nichts weiter sagen."

Jane nickte. „Normalerweise ist sie nicht so ein ..."

„Snob?", schlug ich vor.

„Genau. Aber versteh das bitte nicht als Verteidigung für ihre kleinkarierten Ansichten. Ich habe ihr bestimmt schon tausendmal gesagt, dass sie ihren Horizont erweitern soll. Aber die Frau hört einfach nicht zu."

Liberty kündigte an, dass das Finale gleich beginnen würde, und die Hälfte der Gäste stürmte zur Bar, um sich noch ein Getränk zu holen.

Während ich mich gegen den Strom bewegte, entdeckte ich Donovan.

Diesmal hatte er tatsächlich zwei Drinks in der Hand und reichte mir einen.

„Sorry wegen vorhin."

Jane stemmte eine Hand in die Hüfte.

„Mir hast du keinen mitgebracht? Was für ein Gentleman!"

Er trank erst einmal einen langen Schluck, bevor er antwortete.

„Du hattest deine Chance auf kostenlose Drinks von mir – und hast sie ausgeschlagen."

„Fänge und Klauen, Junge! Die Tinte auf meinen Scheidungspapieren war kaum trocken, ich war deine Vorgesetzte und bin außerdem gut zehn Jahre älter als du."

Das war mir neu.

Ich lehnte mich zurück und genoss diese unerwartete Unterhaltung.

„Zehn Jahre sind nichts", sagte Donovan. „Das bedeutet nur, dass ich mehr Ausdauer habe als die Männer in deinem Alter."

„Nicht mehr als Ansel", bemerkte sie.

Er öffnete den Mund, um zu antworten, hielt dann aber inne.

„Ja, das stimmt wahrscheinlich."

Schließlich schien ihm wieder einzufallen, wer ich war – und dass er mit mir zusammen war.

„Oh, keine Sorge. Das ist schon eine Weile her."

„So lange auch wieder nicht", sagte ich. „Kann höchstens

ein paar Jahre her sein. Aber keine Sorge – wenn ich hinter jemandem an zweiter Stelle stehen muss, dann habe ich nichts dagegen, wenn es Jane ist."

„Ach, bitte", sagte er und beugte sich näher zu mir. „Du warst meine erste Wahl, sobald ich dich gesehen habe."

Ein Kribbeln lief mir über den Körper, als er einen Arm um meine Taille legte, mich nach hinten zog und küsste.

„Das ist wohl mein Stichwort zu gehen", murmelte Jane und machte sich davon.

Kapitel Vier

Das Finalspiel fochten Stu und Ezra gegen Ted und Graf Malavic aus.

Jeder suchte sich eine Seite, und die Mehrheit stellte sich deutlich gegen den Vampir und den Sensenmann.

Obwohl ich Ted für eines der harmlosesten und gutmütigsten Wesen in der Stadt hielt, sahen das längst nicht alle so – und viele hatten nie die Gelegenheit gehabt, ihre Vorurteile durch erzwungene Bekanntschaft abzubauen. Und die Begegnungen, die einige von ihnen mit ihm gehabt hatten, waren nicht unbedingt unter den besten Umständen passiert.

Also gingen viele trotz seiner wiederholten Beteuerungen, dass er lediglich die Körper der Toten abholte, weiter davon aus, dass er vielleicht doch ein kleines bisschen damit zu tun hatte, wer blieb und wer ging.

Ich beschloss, ihm die Daumen zu drücken.

Malavic allerdings nicht.

So sehr ich Ted auch mochte – ich konnte Sebastian Malavic einfach nichts Gutes wünschen. Der Vampir war mir vom ersten Tag an gegen den Strich gegangen, und auch wenn er sich gelegentlich als nützlich erwiesen hatte – besonders damals, als widerliche kriechende Kreaturen aus dem Portal im Zentrum der Stadt geströmt waren – musste man schon ein bisschen verrückt sein, um ihn wirklich zu mögen.

Und ich glaube, er wusste das und störte sich kein bisschen daran. Macht bedeutete ihm mehr als Zuneigung.

Gleichzeitig hielt ich auch zu Ezra und Stu.

Warum auch nicht?

Ezra hatte wahrscheinlich geschummelt, aber ich mochte beide. Außerdem waren sie nach dem Spiel zu mir gekommen und hatten „Gutes Spiel" gesagt – im Gegensatz zu gewissen anderen Leuten …

Donovan war allerdings entschieden gegen Stu und Ezra, auch wenn ich mir nicht sicher war, ob er wegen der Niederlage automatisch für die andere Seite war.

Ich beugte mich zu ihm hinüber, nachdem er Ezra bereits zum wiederholten Mal beschuldigt hatte zu schummeln, und sagte:

„Kannst du vielleicht einen Gang runterschalten? Wenn Stu und Ezra gewinnen, können wir wenigstens behaupten, dass wir gegen die diesjährigen Champions rausgeflogen sind."

Es reichte nicht ganz, um seine Stimmung zu drehen, aber zumindest hörte er auf zu protestieren, sobald das Spiel begann.

Das Match war knapp und ging in mehrere Verlängerungsrunden, doch der Wettbewerb endete damit, dass Ruby und der Sheriff Bloom wild jubelten, einen Sprechchor anstimmten, dessen Worte ich nicht verstehen konnte, und Donovan erneut empört aufschrie, bevor er mit einer neuen Reihe von Anschuldigungen auf Liberty Freeman zustürmte.

Während der Großteil des Raums zu Stu und Ezra hinüberging, um mit ihnen zu feiern, ging ich zu Ted.

„Gutes Spiel!"

„War es doch, oder?"

„Du klingst gar nicht traurig", sagte ich.

„Warum sollte ich traurig sein? Wir sind bis ins Finale gekommen! Außerdem –sieh doch, wie glücklich alle sind."

Ich blickte mich um.

Er hatte recht.

„Aber sie freuen sich darüber, dass du verloren hast."

Er nickte, und die dunkle Kapuze seines Sensenmanngewands bauschte sich ein wenig um seinen Kopf.

„Genau. Der Graf und ich haben die letzten drei Jahre gewonnen, aber alle freuen sich, wenn ein amtierender Champion vom Thron gestoßen wird. Also konnte ich sie glücklich machen, indem ich verloren habe."

Ich blinzelte.

„Moment ... hast du das Spiel absichtlich verloren?"

„Oh, nein, nein, nein. Das würde ich niemals tun. Ich vermute, Ezra hat mit Magie geschummelt!"

Und wieder klang er überhaupt nicht verärgert.

„Warum bist du dann nicht da drüben und unterstützt meinen Freund?"

Ich nickte in die Richtung, in der Donovan vor Liberty auf und ab lief. Der Dschinn sah aus, als wäre er ungefähr drei Sekunden davon entfernt, endgültig genug von Donovans Gezeter zu haben.

Ted folgte meinem Blick.

„Oh, gut. Sieht so aus, als würde Malavic eingreifen."

„Was?"

Ich sah den Grafen auf die beiden zugehen.

Nein. Das war überhaupt nicht gut. Das Einzige, was diese Situation für Donovan noch schlimmer machen konnte, war, wenn sich der Vampir einmischte.

„Ich gehe besser rüber."

Graf Malavic hielt Donovan am Arm fest, während Liberty

sich umdrehte und sich wieder dem Rest der Feiernden anschloss.

Als ich zu ihnen trat, grinste der Graf mich an.

„Ah. Ich habe mich schon gefragt, wann seine Aufpasserin auftaucht."

„Er ist nur ein bisschen betrunken", erklärte ich und hoffte inständig, dass das tatsächlich der Grund für dieses vollkommen absurde Verhalten war. Gelegentlich machte es mir nichts aus, in einer Bar eine kleine Szene zu machen – aber das hier war was anderes.

Das war die Art von Geschichte, die später vielleicht zur Scufflepuck-Legende vom Sheehan's werden konnte.

„Ich mein' ja nur", protestierte Donovan, „es sollte ein Wiederholungsspiel geben. Jeder hat gesehen, wie sich die Richtung seines Pucks verändert hat."

Malavic übergab mir Donovans Arm und damit auch die Verantwortung.

„Es gibt keine Wiederholungen", sagte Malavic. „Nicht im Spiel und nicht im Leben."

Dann sah er mich an.

„Manchmal gibt es allerdings zweite Chancen. Doch nur für diejenigen, die bereit sind, ein Risiko einzugehen."

Ich schüttelte den Kopf und verdrehte die Augen.

„Ich habe keine Ahnung, wovon du redest, und ich bin zu müde für deine dummen Spielchen."

Sein typisches sprödes Lächeln folgte, und er sagte zu Donovan: „Danke, dass du meine Ehre verteidigt hast. Du bist ein wahrer Held."

Dann drehte er sich um und verschwand.

Kurz darauf hatten Fiona und Kelley genug von dem Lärm und warfen alle etwa eine halbe Stunde früher als sonst hinaus.

Ein paar Hexen waren mit dem Besen zur Veranstaltung

geflogen, und der Sheriff machte kurzen Prozess damit, sie verschwinden zu lassen, damit es keine betrunkenen Flugunfälle gab. Während sich ihre Besitzer lautstark beschwerten, erklärte Bloom ihnen, sie könnten ihre Fortbewegungsmittel am nächsten Tag in ihrem Büro abholen.

Die Menge blieb noch eine Weile vor dem Pub, aber ich war mehr als bereit, nach Hause zu gehen und ins Bett zu fallen.

Am nächsten Tag würde das Medium Rare später öffnen, aber ich fand den Gedanken ziemlich verlockend, einen ruhigen, entspannten Morgen zu haben. Und eigentlich musste ich auch dringend lernen, wenn ich jemals offiziell meinen Abschluss machen wollte.

Die Menschenmenge löste sich schnell auf, sobald sie die Straße erreicht hatte. Viele bogen in Richtung Erin Park und der umliegenden Wohnviertel ab, während der Rest von uns sich auf den Weg ins Stadtzentrum machte.

Donovan ging neben mir, und ich ließ zu, dass er meine Hand hielt, obwohl ich nicht besonders begeistert davon war, wie er sich heute Abend benommen hatte.

Ezra trug Ruby auf seinen Armen die Straße entlang, und Stu erklärte Stella und Kayleigh Lytefoot jeden einzelnen seiner Würfe noch einmal, Zug um Zug.

Unsere Gruppe von etwa zwanzig Leuten wurde immer kleiner, doch als wir uns Fulcrum Park näherten, waren immer noch gut ein Dutzend von uns übrig.

Ich weiß nicht, wer den Leichnam zuerst sah.

Aber mir lief ein eiskalter Schauer über den Rücken, als ich den markerschütternden Schrei hörte.

Kapitel Fünf

„Zurück! Alle einen Schritt zurück!“, rief Stu der schaulustigen Menge zu.

Niemand hörte auf ihn, also schob er sich einfach mit den Schultern durch die Leute, um einen Blick auf das Objekt ihrer Neugier zu werfen.

Ich war bereits dort, denn in dem Moment, als ich den Schrei gehört hatte, wusste ich, was passiert sein musste.

Ich starrte auf den Leichnam des Mannes hinunter. Es sah einfach so aus, als wäre er auf dem Bauch im Gras eingeschlafen.

„Wer ist das?“, fragte ich Stu. Ich wusste nicht einmal, welche Art von Wesen wir vor uns hatten – Werwesen, Hexe oder was anderes?

Einen Faun oder Minotauren konnte ich ausschließen, denn es waren keine tierischen Merkmale zu sehen. Eine Fee oder Pixie ebenfalls, da er keine Flügel hatte. Er war zwar blass genug, um ein Elf oder Vampir zu sein, aber ich vermutete, dass wir es mit keinem von beiden zu tun hatten.

Stu kontrollierte den Puls, um zu bestätigen, was für den

Rest von uns ohnehin offensichtlich war, und drehte den Körper dann auf den Rücken.

„Zwanzig Zinken!", fluchte er. „Das ist Dmitri!"

Ich hatte diesen Namen heute Abend schonmal gehört, aber wann?

Dann fiel es mir wieder ein.

„Dmitri – der Hexenmeister?"

Stu nickte. „Dmitri Flint."

Er wandte sich wieder den Umstehenden zu, immer noch in der Hocke. „Geht alle nach Hause! Ihr seid sowieso betrunken und helft kein bisschen. Zeigt dem Mann wenigstens ein bisschen Respekt."

„Du bist auch betrunken", kam eine tiefe Stimme aus der kleinen Menschenmenge.

„Ja, aber ich kann besser damit umgehen!", rief der Deputy zurück. „Also los jetzt!"

Ich richtete mich auf, und er sagte: „Nicht du, Nora. Du bleibst besser noch hier."

Ich stöhnte. Musste diese lange Nacht wirklich noch länger werden? „Vielleicht kann Ruby –"

„Ruby kann gar nichts!", verkündete sie. „Ruby ist zu alt für solche Einhornäpfel. Außerdem ist Ruby im Ruhestand!"

Ezra, der sie immer noch auf den Armen trug, sagte: „Ezra wird Ruby nach Hause begleiten."

Ich warf ihm einen scharfen Blick zu.

„Ezra sorgt dafür, dass sie sicher ins Haus kommt – und verschwindet dann."

„Ruby ist eine erwachsene Frau und kann ihre eigenen Entscheidungen treffen!", schnaubte sie.

Sie griff hinter sich und versetzte Ezra einen Klaps auf den Po. „Vorwärts, mein Ross!"

Ezra sah mich mit einem *Was soll ich machen?*-Schulterzucken an und trug sie weiter den Hügel hinunter in Richtung unseres Hauses, während die beiden lautstark irgendein schwungvolles Lied sangen.

Als sich der Rest der Gruppe – bis auf Donovan – verzogen hatte, fragte Stu:

„Spürst du irgendwas? Glaubst du, es war Mord oder ein natürlicher Tod?"

„Ich spüre nicht viel", sagte ich. „Aber ich habe den ganzen Abend getrunken. Das hilft der Einsicht nicht gerade."

Er nickte.

„Ich sehe nichts, was sofort auf ein Tötungsdelikt hindeutet. Aber tu mir einen Gefallen und sag mir sofort Bescheid, falls er auftaucht."

Er seufzte, schlug sich mit der Hand gegen die Stirn und schüttelte langsam den Kopf.

„Ein Toter mitten auf der Straße. Kann ich nicht einmal einen einzigen freien Tag haben, ohne dass irgendwas Schreckliches passiert?"

„Vielleicht solltest du Bloom rufen."

„Ja, wahrscheinlich sollte ich das."

Er seufzte erneut. „Also gut. Ihr beiden geht jetzt nach Hause und versucht zu schlafen. Ich weiß, dass der Anblick hier nicht gerade zu einer ruhigen Nacht beiträgt, aber ... na ja, ihr könnt sowieso nichts daran ändern."

„Uns geht's gut, Stu", versicherte Donovan ihm.

Trotzdem hörte ich noch eine gewisse Kälte in seiner Stimme.

„Pass auf dich auf", sagte ich zum Deputy. Niemand in Eastwind brauchte so dringend Urlaub wie Stu Manchester.

Donovan legte den Arm um mich, und wir gingen die Straße hinunter.

Als wir an die Stelle kamen, an der er normalerweise nach links und ich nach rechts gegangen wäre, schien er keinerlei

Problem damit zu haben, einfach mit mir weiter nach rechts zu gehen.

Ich blieb stehen.

Zu sagen, dass ich nach seinem Verhalten heute Abend – und nachdem wir gerade eine Leiche auf der Straße gefunden hatten – nicht gerade in Stimmung war, wäre eine grobe Untertreibung. Aber ich wusste, dass er mit Zurückweisung nicht gut umgehen konnte, also formulierte ich es vorsichtig.

„Ich glaube, ich brauche heute einfach nur Schlaf."

„Ja, klar. Ich bin auch müde."

Er wollte weiter mit mir gehen, doch als ich nicht mitlief, blieb er wieder stehen.

„Ich schlafe besser, wenn ich das Bett nicht teilen muss", sagte ich.

Seine Lippen öffneten sich ein wenig, als der nicht ganz subtile Hinweis bei ihm ankam.

„Hat das mit dem Turnier zu tun?"

„Du meinst, dass du den halben Abend damit verbracht hast, einen Dschinn anzubrüllen, bis ein Vampir eingreifen musste? Nein, damit hat es nichts zu tun."

Er kniff die Augen zusammen.

„Ach so. Ich verstehe. Ich habe dich also blamiert."

„Ja, ein bisschen. Aber darum geht es eigentlich nicht", sagte ich. Denn ganz allein daran lag es auch nicht.

„Worum geht es dann?"

Ich erinnerte mich an Landon, der mir den glänzenden Saphir gezeigt hatte.

„Ich bin einfach müde. Das waren zu viele Leute. Ich möchte nur ein bisschen allein sein und Energie tanken, bevor ich morgen arbeiten muss."

Er runzelte die Stirn, aber zum Glück nahm er mir die Erklärung ab.

„Ja, okay. Das verstehe ich. Heute Abend waren wirklich viele Leute da."

Er trat einen Schritt auf mich zu und zog mich an sich.

„Tut mir leid, dass ich so ehrgeizig geworden bin und dich damit blamiert habe. Ich weiß, ich kann manchmal ein bisschen anstrengend sein."

Ich spürte, wie ich mich ein wenig entspannte.

„Schon gut. Alle haben getrunken."

„Ich entschuldige mich morgen bei Liberty. Na ja – vielleicht nicht morgen früh. Ich habe vor, meinen Kater bis ungefähr Mittag auszuschlafen. Aber ich schreibe ihm einen Brief, bevor ich morgen zur Arbeit gehe."

Ich lächelte, und er küsste mich.

„Falls dieser Tote heute Nacht in deinem Schlafzimmer auftaucht, tu mir einen Gefallen."

„Welchen?"

„Sag ihm, dass du einen eifersüchtigen Freund hast, der ihm den Hintern versohlt, wenn er dich anfasst – und dass es ihn nicht retten wird, dass er schon tot ist."

Ich lachte.

„Ich richte es aus. Aber hoffentlich wird es eine ruhige Nacht."

Ein letzter – langer – Kuss, und wir gingen getrennte Wege.

Als ich endlich im Haus war, hatte ich eigentlich erwartet, dass Grim und Monster sich schon für die Nacht nach oben verzogen hatten. Stattdessen sah ich, wie die kleine Munchkin-Katze Grim dicht auf den Fersen war, während er im Kreis um den Wohnzimmertisch floh und rief:

„Es war nur ein Scherz! Ich würde niemals dein Futter essen!"

„Wir wissen beide, dass das gelogen ist", bemerkte ich und sprang zur Seite, als Grim versuchte, mich als menschlichen Schutzschild zu benutzen. „Monster, es ist zu spät für solche

Spielchen. Es war ein langer Abend, und ich möchte einfach nur schlafen."

„Wenn du glaubst, dass wir heute Nacht das Lauteste im Haus sind …"

Er musste den Satz nicht beenden. Ich stöhnte.

„Alle nach oben." Clifford schlief draußen vor Rubys Schlafzimmer auf dem Treppenabsatz im zweiten Stock, als ich gegen ihre Tür klopfte und sagte: „Einen Schalldämpfungszauber, bitte."

Clifford wedelte mit dem Schwanz, was ich als *Danke* interpretierte.

Ich stieg weiter die Treppe hinauf zu meinem Zimmer im ersten Stock, zog die Stiefel aus, ließ mich bäuchlings aufs Bett fallen und war augenblicklich weg – wie ein gelöschtes Licht.

Bis …

Es war die schwüle Luft, die mich weckte. Oder vielleicht das Gewicht von Grim, das die Matratze nach unten drückte, sodass ich langsam gegen seine pelzigen Beine rutschte.

Wie auch immer – als ich die Augen öffnete, sah ich als Erstes seine sabbernden Lefzen direkt über mir hängen, während sein heißer Atem mir in regelmäßigen Stößen ins Gesicht blies.

„Runter vom Bett", murmelte ich verschlafen.

„Ich kann nicht schlafen."

Ich blinzelte ein paarmal, um überhaupt folgen zu können.

„Was? Hast du einen Alptraum gehabt?"

„Leider nein. Ich liebe Alpträume. Es ist das Klopfen, das mich wach hält."

„Was für ein Klopfen?" Dann nahm ich das Geräusch auch selbst wahr.

„Am Fenster", sagte er.

Ich drehte den Kopf in die entsprechende Richtung.

„Oh, Fänge und Klauen!"

Einen Moment ließ ich mich wieder aufs Bett zurückfallen, bevor ich mich aufrappelte und zum Fenster ging. Ich öffnete es nur einen Spalt weit, gerade genug, damit der Geist mich hören konnte. „Komm rein."

Ich schloss das Fenster wieder, und der Geist von Dmitri Flint nickte und glitt durch das Glas.

Jetzt, da ich nicht mehr wie zuvor im Park versuchte, *nicht* zu starren, konnte ich ihn mir genauer ansehen. Sein dunkles Haar war lang und lockig, die Seiten hatte er nach hinten gebunden. Ich schätzte ihn ein paar Jahre älter als mich selbst, doch seine großen runden Augen hatten etwas von einem gefährlich neugierigen Jungen.

Seine deutlich schiefe Nase hatte vermutlich eine gute Geschichte hinter sich, und die Lachfalten um seinen Mund verstärkten den Eindruck, dass er tatsächlich jeden einzelnen Tag gelebt hatte, als könnte es sein letzter sein.

„Tut mir leid", sagte er. „Ich wollte dich nicht stören. Also – nicht mehr, als ich es ohnehin schon tue."

Ich deutete auf den Sessel in der Zimmerecke. Dann setzte ich mich auf die Bettkante und versuchte, meine Augen offen zu halten.

„Du bist schon hier, und ich bin wach, also können wir auch gleich zur Sache kommen."

Als Dmitri an Monster vorbeischwebte, fuhr die Katze erschrocken hoch, sah sich panisch in alle Richtungen um, machte einen Katzenbuckel und schoss vor der Quelle der Kälte davon.

Sie konnte immer spüren, wenn Geister kamen oder gingen. Aber da sie sie – anders als Grim und ich – nicht sehen konnte, brachten sie die sonst so furchtlose Katze gelegentlich in Panik, wenn sie sich an sie heranschlichen.

Als sie schließlich unter dem Bett verschwand (Grim folgte ihr vorsichtshalber und drückte sich so flach wie möglich, um sich ebenfalls darunter zu quetschen), kam ich direkt auf den Punkt.

„Ich nehme an, du wurdest ermordet."

Zu meiner Überraschung runzelte Dmitri jedoch die Stirn und schüttelte langsam den Kopf.

„Nein. Nicht ermordet."

Ich sah ihn durch die Dunkelheit mit zusammengekniffenen Augen an. „Bist du sicher?"

„Ziemlich sicher."

„O-kay ... unerledigte Angelegenheiten also?"

„Nein, mir fallen keine ein."

Ich blinzelte. „Gut, dann hast du dich noch nicht mit deiner eigenen Sterblichkeit abgefunden. Deshalb bist du hier."

„Schon wieder falsch. Tut mir leid. Damit habe ich mich vor Jahren abgefunden."

Jetzt war ich ratlos. „Warum bist du dann hier?"

Er lachte leise. „Genau das wollte ich dich fragen. Ich hatte – habe – eine angeborene Herzkrankheit", erklärte er. „Der Arzt hat sie vor ein paar Jahren festgestellt, konnte aber nicht sagen, woher sie kam. Ich bin sogar zu einer Spezialistin nach Avalon gefahren, und auch sie konnte mir nichts Genaueres sagen."

Er zuckte mit den Schultern.

„Also habe ich mich damit abgefunden, dass jeder Tag mein letzter sein könnte. Ich habe meine Angelegenheiten geregelt. Und dann habe ich einfach weitergelebt. Bis ich es eben nicht mehr getan habe."

„Offensichtlich", sagte ich.

Ich dachte einen Moment über die wenigen Fakten nach, die ich hatte, und fragte dann: „Du bist sicher, dass du nicht ermordet wurdest?"

„Ziemlich sicher. Die Spezialistin sagte, es würde relativ schmerzlos sein. Als würde mir jemand in die Brust schlagen.

Dann vielleicht ein stechender Schmerz im Herzen – und dann wäre es vorbei.“

Er zuckte erneut mit den Schultern.

„Und genau so hat es sich angefühlt. Außerdem kenne ich niemanden, der mich tot sehen wollte.“

Ich winkte ab. „Die Ermordeten wissen das selten vorher. Was hast du gemacht, als es passiert ist?“

„Ich bin den Hügel zum Sheehan's hinaufgegangen, zum Turnier.“ Er hielt kurz inne. „Oh, Mann ... Bryant muss furchtbar sauer auf mich sein! Er wollte dieses Jahr unbedingt gewinnen.“

„Ich bin sicher, er wird Verständnis haben, wenn er hört, was passiert ist.“

„Dann unterschätzt du, wie ehrgeizig er sein kann. Er wird meinen Tod nicht als Ausrede akzeptieren.“

Damit hatte er vermutlich recht. Wieder einmal wurde mir bewusst, wie wenig ich eigentlich über Bryant wusste. Einen Moment lang überlegte ich, Donovan vorzuschlagen, nächstes Jahr mit Bryant zu spielen. Dann verwarf ich den Gedanken jedoch sofort wieder. Zwei Männer mit so viel Ehrgeiz in einem Team wären wahrscheinlich für alle Beteiligten ein Alptraum.

Dmitri fuhr fort: „Ich vermute, es lag am Hügel. Ich bin nicht mehr so fit wie früher, und die Anstrengung könnte irgendwas ausgelöst haben.“

Ich nickte.

„Ich bin keine Ärztin, aber das klingt zumindest plausibel.“ Der Hügel Richtung Erin Park war nicht besonders steil, und Dmitri war auch nicht gerade übergewichtig. Aber was wusste ich schon darüber, wie sowas funktionierte? Ich war ein Medium mit einem Restaurant – keine Kardiologin.

Trotzdem hatte ich immer noch nicht die geringste Ahnung, warum er in meinem Schlafzimmer saß und sich mit mir unterhielt, anstatt sich irgendwo im Jenseits zu amüsieren.

Ein paar Dinge waren allerdings klar. Erstens: Das würde Nachforschungen erfordern; und zweitens: Ich war viel zu müde, um jetzt damit anzufangen. „Kannst du mir einen Gefallen tun?", fragte ich.

„Klar. Wenn ich eines habe, dann Zeit."

„Super. Kannst du morgen früh wiederkommen?"

„Natürlich. Es sei denn, ich gehe vorher weiter. In diesem Fall –"

„Hätte sich das Problem von selbst erledigt."

„Stimmt."

Er lächelte, und ich musste widerwillig feststellen, dass ich ihn mochte.

Es war immer schade, wenn ich jemanden mochte, der schon tot war.

Zum Glück kam das nicht allzu oft vor – die meisten Leute wurden durch den Tod nicht gerade sympathischer.

Was mich nur noch mehr darüber grübeln ließ, warum Dmitri überhaupt noch hier war.

Er schwebte durch das Fenster hinaus, genau in dem Moment, als seine sichtbare Gestalt langsam verblasste, und ich kroch wieder unter die Decke.

Der Schlaf hätte sofort kommen sollen. Tat er aber nicht.

Denn auch wenn nichts davon nach einem Notfall aussah, war es doch seltsam genug, um mich nicht zur Ruhe kommen zu lassen.

Und was in Eastwind als seltsam galt, konnte sehr schnell tödlich werden.

Kapitel Sechs

Der Sonntagmorgen kam viel zu früh. Viel, viel zu früh. Doch immerhin verschaffte mir meine Entscheidung, das Medium Rare erst um acht Uhr zu öffnen – anstatt wie früher um sechs, seit ich mich vom Vierundzwanzig-Stunden-Betrieb verabschiedet hatte – ein wenig mehr Zeit, im Bett zu bleiben, bevor ich mich schließlich hinausquälte.

Ruby stand bereits am Herd, als ich in einem viel zu großen T-Shirt, das mir bis zu den Knien reichte, die Treppe herunterkam. In der Hand hielt sie eine Tasse Tee, während sie auf dem Küchengrill Speckstreifen wendete.

„Das riecht fantastisch!"

Sie blickte über die Schulter zu mir und lächelte. „Ich habe genug für alle gemacht."

Sie brachte den Wasserkessel zum Tisch, zusammen mit einer Tasse Tee, die schon zog. Ein herrlicher Blumenduft mit einem Hauch Zitrone stieg aus der Tasse auf und begrüßte mich. Allein der Duft ließ eine angenehme Wärme durch mich hindurchströmen.

„Kann ich dir irgendwie helfen?", fragte ich.

„Nein. Ich hab' alles im Griff. Setz dich. Du siehst aus, als hättest du eine harte Nacht hinter dir."

„Und du siehst aus, als wärst du über Nacht zehn Jahre jünger geworden."

Sie lachte. „Nur zehn? Es fühlt sich nach mehr an."

Ich wartete, bis der Speck auf dem Tisch stand und sie sich gesetzt und sich eine frische Tasse eingegossen hatte, bevor ich beschloss, ihr etwas zu erzählen, das ihre Stimmung mit Sicherheit trüben würde.

Während ich mir ein halbes Dutzend Speckstreifen auf den Teller lud – sie hatte locker zwei Dutzend gebraten, genug für zwei Hexen und drei Vertraute – sagte ich:

„Also, ich hatte letzte Nacht Besuch."

Sie zog nur träge eine Augenbraue hoch und knabberte an ihrem Speck. „Nicht von derselben Sorte wie meiner, nehme ich an?"

„Nein. Ganz bestimmt nicht."

„Schade."

„Ja." Ich räusperte mich. „Dmitri war da."

„Hm", sagte sie. „Also war es Mord?"

„Nein, eigentlich nicht."

Wie auf Stichwort erschien er im Salon beim Kamin, dessen Flammen blau flackerten, um den Raum trotz der bereits aufsteigenden Sommersonne angenehm kühl zu halten. Er sah sich um, wobei sein Blick einen Moment lang an der bedrohlichen Ansammmlung von Krimskrams hängen blieb, die von Rubys Decke hing.

„Keine Sorge", sagte sie. „Ich werde dich nicht verbannen, solange du nicht versuchst, jemanden in Besitz zu nehmen."

Ich nickte ihm zu, dass er näherkommen sollte, und er tat es.

Nachdem ich Ruby die merkwürdige Situation erklärt hatte – wobei Dmitri die Details ergänzte, wenn sie danach fragte –, schwieg sie nachdenklich und hielt ihre Teetasse mit beiden Händen.

Schließlich wandte sie sich Dmitri zu. „Ich kann mit Sicherheit sagen, dass ich nicht weiß, warum du hier bist." Sie nahm sich einen weiteren knusprigen Speckstreifen und biss hinein.

„Ich müsste mich genauer damit beschäftigen. Natürlich" – dabei sah sie mich direkt an – „bin ich im Ruhestand, also werde ich das nicht tun."

Dann lächelte sie Dmitri an.

„Aber du hast Glück. Nora ist nicht im Ruhestand. Und sie hat eine durchaus respektable Erfolgsbilanz darin, solche Dinge aufzuklären."

Also würde Ruby nicht helfen. Verstanden.

„Wo würdest du anfangen ... wenn du nicht im Ruhestand wärst?"

„Am selben Ort wie immer. Sprich mit den Leuten, die ihn am besten kannten. Sie sollten mit seinen Schwächen vertraut sein, und wenn du sie dazu bringst, schlecht über einen Toten zu sprechen, lernst du vielleicht tatsächlich etwas Nützliches."

„Und wenn ich sie nicht dazu bringe, schlecht über einen Toten zu sprechen?"

Sie zuckte mit den Schultern.

„Dann geh zu Stu. Sieh nach, ob er irgendwelche Hinweise auf ein Verbrechen gefunden hat."

„Du denkst also, es war Mord?"

„Ich denke gar nichts – außer, dass ich heute in die Bibliothek gehen sollte, um mir ein paar neue Bücher zu besorgen. Ich habe gerade *Eat, Prey, Stalk* beendet, und das war ein echter Thriller! Ich hoffe, ich finde was Ähnliches. Es gibt nichts Besseres als eine spannende Lektüre an einem faulen Sommertag!"

Eat, Prey, Stalk (Essen, Erbeuten, Verfolgen) – ein Wortspiel auf *Eat, Pray, Love?* Jemand scheint hier eindeutig Humor zu haben.

Sie stand auf und brachte ihren Teller in die Küche.

„Weißt du", fuhr sie fort, „ich habe immer vermutet, dass mir der Ruhestand gefallen würde, aber ich hätte nie gedacht, dass er so wunderbar ist. Es ist, als wäre ich gestorben und in den Himmel gekommen – nur ohne den lästigen Teil mit dem Sterben oder dem Urteil und der Bürokratie eines ganzen Schwarms von Engeln."

Ich wandte mich Dmitri zu und sagte den Satz, den ich seit meinem Umzug nach Eastwind schon viel zu oft hatte sagen müssen:

„Lass mich erst einmal eine Hose anziehen, dann werden wir uns mit deinem Tod befassen."

Kapitel Sieben

Bryant war die naheliegende erste Wahl als Freund, mit dem ich sprechen konnte. Nicht nur waren er und Dmitri eng befreundet, er arbeitete auch im Medium Rare. Ein Hoch auf die Bequemlichkeit, vor allem, da ich meinen Kater noch nicht ganz losgeworden war!

Aber Bryant sollte erst später am Nachmittag zur Arbeit kommen, also erklärte sich Dmitri bereit, geduldig zu warten, bis es so weit war. Wie er gesagt hatte, hatte er keine dringenden Angelegenheiten und nichts als Zeit.

Während dieser Schicht stellte ich zwei wichtige Dinge fest: Erstens war ich offiziell in dem Alter angekommen, in dem ich nicht mehr als zwei Drinks an einem Abend haben konnte, ohne einen Kater zu bekommen. Solche Selbsterkenntnisse sollte man nicht als trivial abtun.

Und zweitens war Dmitri großartige Gesellschaft. Als zwei Werwesen behaupteten, sie hätten ihre Omeletts nie bekommen – nachdem ich sie persönlich serviert hatte – sagte Dmitri: „Sieht aus, als hättest du da zwei Eierköpfe am Hals", was zugegeben ein dummer Witz war, aber auch genau das, was ich hören musste, um vom Rand echten Ärgers wieder zu einem aufgesetzten Lächeln runterzukommen.

Und als eine kleine Gruppe Zirkelhexen hereinkam, so sehr in ihren eigenen Klatsch vertieft, dass ich kaum ihre Bestellung aufnehmen konnte, ohne dass sie sich durch die Unterbrechung gestört fühlten, flüsterte er mir ein bisschen Klatsch über sie zu, der ihre moralische Überheblichkeit deutlich erträglicher machte.

Aber die größte Überraschung des Morgens passierte, nachdem er zwei Stunden in einer Ecknische gesessen und sich mit Ted und Grim unterhalten hatte. Während der Sensenmann dem Höllenhund kleine Bissen verschiedener Frühstücksfleischsorten zusteckte, wurde deutlich, dass Dmitri sich die Gunst meines Vertrauten verdient hatte. Oder, wenn er sie noch nicht ganz gewonnen hatte, war er gefährlich nah dran. Wie er das geschafft hatte, ohne dem Hund tatsächlich Futter zuwerfen zu können, war mir ein Rätsel.

Ich hatte gehofft, Stu würde zu seinem üblichen Besuch vorbeikommen, aber ich war nicht überrascht, als er nicht auftauchte. Angesichts des Alkoholkonsums am Abend und der Leiche würde der Deputy, falls er überhaupt schon von seiner Schicht abgelöst worden war, wahrscheinlich direkt nach Hause gehen, um zu schlafen.

Bryant kam fast eine Stunde zu spät zu seiner Schicht, und, Junge, sah der schlecht aus! Ich hätte mich ärgern können, aber ich konnte schlecht vergessen, dass einer seiner engsten Freunde in der Nacht zuvor gestorben war. Die Tatsache, dass er sich nicht einfach krankgemeldet hatte, war schon bewundernswert genug, und ich ließ seine Verspätung ohne Kommentar durchgehen.

„Bist du sicher, dass du arbeiten kannst?", fragte ich, während er sich die Schürze umband.

„Was soll ich denn sonst machen?"

„Trübsal blasen? Schlafen?"

Er blinzelte. „Oh ja. Ich schätze, das klingt viel besser als arbeiten." Er seufzte und breitete die Arme aus. „Nein, schon gut. Ich bin ja hier."

„Schön. Bevor du anfängst, muss ich mit dir reden."

„Ich weiß, tut mir leid. Ich hätte dir sagen sollen, dass ich zu spät komme. Aber ich habe jedes Zeitgefühl verloren, und alles, was ich noch geschafft habe, war –"

„Nein, nein. Darum geht es nicht. Es ist ... was anderes."

Er kniff seine geschwollenen Augen einen Moment lang zusammen, bevor er mich mit offenem Mund anstarrte. „Er hat dich besucht?"

„Lass uns hinten reden." Ich beugte mich zur Seite, damit ich um ihn herumsehen konnte, und winkte Ted. Der Sensenmann richtete sich auf, und ich zeigte auf Dmitri. Ted nickte, machte den Geist auf mich aufmerksam und lenkte seinen Blick in meine Richtung. Ich winkte ihn herüber, und einen Moment später standen wir zu dritt in der heißen Nachmittagssonne hinter dem Diner. In diesem grellen Licht konnte ich Dmitri kaum sehen, aber hören konnte ich ihn problemlos.

„Sag ihm, sein Schwanz sieht heute großartig aus." Dmitri schmunzelte verschmitzt.

Das würde ich ganz bestimmt nicht sagen.

Bryant starrte mich mit glasigen Augen an. „Also wurde er ermordet?"

„Soweit ich das sagen kann, nein."

Dmitri meldete sich wieder zu Wort. „Im Ernst, sag ihm, sein Schwanz sieht heute außergewöhnlich gut aus. Besonders flauschig."

Ich ignorierte ihn weiter, als Bryant fragte: „Warum hat er dich dann besucht?"

„Es ist möglich", sagte der Geist, „dass der Grund, warum

ich hier feststecke, der ist, dass ich Bryant noch ein letztes Mal sagen muss, dass sein Schwanz heute fantastisch aussieht."

Wieder ignorierte ich den Geist und sagte: „Ich bin mir nicht sicher. Irgendwas hält ihn hier."

Bryant hob eine silberne Augenbraue. „Unerledigte Angelegenheiten?"

Dmitri brüllte jetzt: „Ja! Ich muss ihm sagen, dass sein Schwanz –"

Ich ballte die Hände zu Fäusten, bis sich meine Fingernägel in meine Handflächen bohrten, und presste hervor: „Ich soll dir sagen, dass dein Schwanz heute ... gut aussieht."

Für einen kurzen Moment sah Bryant mich an, als wäre ich verrückt geworden. Und das war auch in Ordnung. Ich lebte praktisch dauerhaft in einem Zustand, in dem ich meine eigene geistige Gesundheit hinterfragte, also verstand ich vollkommen, was er dachte.

Doch dann kniff er die Augen zusammen und zischte: „Ist dieser Sohn einer Todesfee gerade hier bei uns?" Und bevor ich antworten konnte, wirbelte er herum, sah sich vergeblich in alle Richtungen um und rief: „Wenn du ihr diese Geschichte erzählst, sorge ich dafür, dass du nie in Frieden ruhen wirst!"

Oh, jetzt war ich neugierig.

Während Dmitri vor Lachen über seinen Freund heulte, konnte ich mir eine Frage nicht verkneifen: „Welche Geschichte?"

Bryant blieb stehen und sagte: „Nein, vergiss es, Nora. Das ist nur so eine Sache, die vor langer Zeit im Sheehan's passiert ist und ..." Er schüttelte den Kopf. „Nicht wichtig. Vielleicht ist seine unerledigte Angelegenheit ja, dass er mich gestern Abend beim Scufflepuck-Turnier hat hängen lassen."

Dmitri kicherte immer noch, als er sagte: „Glaube ich kaum. Scufflepuck interessiert mich nicht besonders."

„Ich muss ihm das nicht für dich sagen", erinnerte ich

Bryant. „Er kann dich sehr wohl hören. Nur du kannst ihn nicht hören oder sehen."

Bryant nickte. „Stimmt, stimmt ... Also warte, ich kann ihm jetzt alles sagen, was ich will, und er muss einfach dasitzen und zuhören? Er kann nicht diskutieren?"

Ich sah schon, wohin das führte. „Ja, aber das ist eigentlich nicht der Grund, warum ich –"

„Hey, Dmitri, weißt du was? Ich fand deinen Gemüseeintopf scheußlich! Ich habe ihn immer gehasst. Wer macht einen Eintopf und tut da kein Fleisch rein?"

Dmitri traf meinen Blick. „Ich mochte ihn auch nicht besonders. Ich habe nur gern zugesehen, wie er so getan hat, als würde er ihn mögen."

„Und da war nie genug Salz drin!", fuhr Bryant gereizt fort, und ich erinnerte mich daran, dass Menschen auf seltsame Weise trauerten. „Und ein bisschen Rosmarin hätte auch nicht geschadet! Das Zeug wächst hier wie Unkraut. Wirklich nicht schwer ranzukommen."

Während das alles offenbar sehr befreiend für ihn war, musste er irgendwann wieder an die Arbeit, und bevor er das tat, hatte ich ein paar wichtige Fragen, auf die ich Antworten wollte.

Aber ich ließ ihn noch eine Weile weitermachen, auf Dmitris Wunsch hin, der erklärte, es würde dem Werwolf gut tun, alles rauszulassen.

Und das tat er.

Minuten später, nachdem Bryant zugegeben hatte, dass er Dmitri seinen Anteil an der Party, die sie vor acht Jahren zusammen veranstaltet hatten, nie zurückgezahlt und nur behauptet hatte, es getan zu haben, weil er wusste, dass Dmitri es ihm ohnehin nicht vorhalten würde, griff ich ein. „Fühlst du dich jetzt besser?"

Bryant sah erschöpft aus. „Ja, ich denke schon."

„Normalerweise wollen die Leute den Geistern ihrer Liebsten sagen, dass sie sie vermissen und nie vergessen werden, aber ich schätze, schmutzige Wäsche waschen ist auch in Ordnung. Jeder trauert anders. Wie auch immer, ich habe ein paar Fragen an dich."

Er wurde plötzlich ernst, als ich das sagte. „Oh ... ja. Ich hätte wohl nicht einfach alles ausplaudern sollen, bevor Mord ausgeschlossen ist. Könnte mich ein bisschen ... verdächtig aussehen lassen."

„Vielleicht, aber falls es dich beruhigt, ich glaube nicht, dass du Dmitri umgebracht hast. Er hat dir das nicht erzählt, aber er hatte eine Herzkrankheit, die im Grunde eine tickende Zeitbombe war. Ich meine, mehr noch, als Herzen es ohnehin schon sind."

Bryant neigte den Kopf. „Wirklich? Warum hat er mir das nicht gesagt?"

„Ich wollte nicht, dass du dir deswegen Sorgen machst, du Idiot", sagte Dmitri.

„Er wollte dich nicht beunruhigen. Es hatte keinen Sinn, sich Sorgen zu machen, weil die Ärzte gesagt haben, dass man nichts dagegen tun kann. Sie wussten nicht wirklich, woher es kam, nur dass es ihn jederzeit erwischen konnte – in zwei Tagen oder in zwanzig Jahren."

Bryant rieb sich den Nacken. „Ja, ich schätze, das kann man über jeden sagen. Man weiß nie, wann es so weit ist."

„Allzu wahr", sagte ich. „Der Punkt ist, ich bin ziemlich überzeugt, dass seine Zeit gekommen war, aber nicht hundert Prozent sicher. Ich möchte die Möglichkeit eines Mordes ausschließen, also musst du mir alles erzählen, was du über ihn weißt, das jemanden dazu gebracht haben könnte, ihn zu ermorden."

„Du meinst, abgesehen von all dem Zeug, das ich gerade gesagt habe?", fragte er verlegen.

„Ja, abgesehen davon, und das klang alles ziemlich harmlos."

„Leute sind schon für weniger ermordet worden."

„Das weiß ich nur zu gut."

Bryant dachte einen Moment über die Frage nach und antwortete dann: „Nein, ich sehe einfach keinen Grund, warum jemand das tun sollte. Da müsstest du ihn selbst fragen."

„Habe ich. Er weiß es auch nicht. Was ist mit unerledigten Angelegenheiten?"

„Was ist damit?"

„Weißt du von irgendwelchen, die er vielleicht übersehen oder ... verschwiegen haben könnte?"

Dmitri verschränkte seine durchscheinenden Arme vor der Brust. „Ich schätze dieses mangelnde Vertrauen nicht besonders."

Aber Bryant schüttelte nur den Kopf. „Nichts, wovon ich wüsste, außer den unerledigten Dingen, die wir alle irgendwann haben. Vielleicht hat er ein paar unbezahlte Rechnungen, oder vielleicht will er irgendeine Frau nochmal sehen, oder er will nicht darauf verzichten, zweimal die Woche bei Francos Pizza Rindfleisch-Lasagne zu essen."

Ich nickte. „Das kann ich nachvollziehen."

„Stimmt. Jeder, der sie einmal gegessen hat, würde das verstehen. Aber ich bin sicher, es sind in letzter Zeit noch andere Leute in Eastwind gestorben, und die sind nicht geblieben, um noch einen Bissen zu bekommen."

Ich seufzte. „Einverstanden. Also gut, du solltest wieder an die Arbeit gehen, aber wenn dir noch irgendwas einfällt, sag mir Bescheid."

Er nickte, machte sich aber nicht sofort auf den Weg zur Tür. „Eine Sache noch", sagte er zögernd. „Da das vielleicht meine letzte Chance ist, mit Dmitri zu sprechen, auch wenn es nur indirekt ist …"

„Ja?"

„Würdest du ihn fragen, ob ich seine Zatrian-Trommeln haben kann?"

Ich machte mir nicht die Mühe, ihn daran zu erinnern, dass Dmitri ihn sehr wohl hören konnte. Anderen fiel es schwer, das im Kopf zu behalten; es widersprach ihrem natürlichen Kommunikationsinstinkt, dass das hier nur in eine Richtung funktionierte.

Dmitri antwortete, und ich gab die Nachricht weiter. „Er sagt natürlich, aber du solltest besser gleich hineingehen und die Trommeln holen, bevor sie anfangen, das Testament durchzugehen. Der Ersatzschlüssel zu seinem Haus liegt in der Astgabel des Feigenbaums in seinem Garten."

„Großartig! Ich wollte schon immer ein Paar. Okay, zurück an die Arbeit. Sag Dmitri …" Doch dann erinnerte er sich und starrte auf die Stelle, wo ich gerade den Geist angesprochen hatte. „Ich werde dich vermissen, Kumpel. Ich hoffe, du ziehst bald weiter. Und danke für die Trommeln!"

Kapitel Acht

Das Beste an diesem Fall war der Mangel an Dringlichkeit. Es kam selten vor, dass ich Zeit hatte, über das Gesamtbild nachzudenken, ohne dass der betreffende Geist mich dabei ständig drängte.

Ich war mir ziemlich sicher, dass hier kein Verbrechen im Spiel war, und Dmitri hatte eine gesunde Einstellung zur Bedeutungslosigkeit von Zeit in seiner aktuellen Lage. Wann immer er die Sache abschließen und weiterziehen konnte – ihm war es recht. Ein Tag, eine Woche, ein Monat ... ich konnte sehen, dass es ihm nicht besonders wichtig war.

Und einen Geist zu haben, der mich unterhielt, anstatt einen, der mich unbedingt früh ins Grab treiben wollte, war eine angenehme Abwechslung vom Üblichen.

Wie immer hatte ich eine ziemlich gute Vorstellung davon, was mein nächster Schritt sein sollte (Ruby hatte das sowieso ziemlich klar umrissen), aber ich sah keinen Grund, von einem Ort zum nächsten zu hetzen und dabei unnötig ins Schwitzen zu geraten.

Trotzdem wäre es unklug gewesen, gar nichts für ihn zu

unternehmen, also machten Dmitri, Grim und ich uns nach meiner Schicht am Montag auf den Weg zum Sheriff's Department, um Stu zu treffen und uns ein Update geben zu lassen.

Ich spielte Übersetzerin zwischen Grim und Dmitri, während wir aus den Outskirts in Richtung Station schlenderten (diesmal war es Dmitri, der die andere Partei nicht hören konnte und nicht umgekehrt). Nachdem Grim seine Geschichte über seinen letzten Wochenendausflug in die Deadwoods beendet hatte, sagte Dmitri: „Ich wünschte, ich wäre auch dorthin gegangen. Es schien mir immer so gefährlich. Im Nachhinein betrachtet – selbst wenn mich dort draußen irgendwas getötet hätte, hätte ich nicht viel Zeit verloren."

„Es ist nicht so lustig, wie Grim es darstellt", sagte ich.

Seine Augen wurden groß. „Du warst in den Deadwoods?"

„Ja. Leider ein paarmal."

„Und?"

„Du wirst mich dort draußen garantiert keinen Campingtrip planen sehen."

„*Moment*", sagte Grim. „*Wenn er schon tot ist ...*"

Ich verstand sofort, worauf mein Vertrauter hinauswollte. „Du hast recht, Grim. Er würde da draußen perfekt reinpassen."

„Was meinst du?", fragte Dmitri.

„Grim hat nur angemerkt, dass du – jetzt, wo du tot bist und es mit dem Weiterziehen nicht eilig hast – dir die Deadwoods ansehen könntest, ohne dir Sorgen machen zu müssen."

Gab es Dinge in den Deadwoods, die einem Geist schaden konnten? Nicht ausgeschlossen. Aber ich erwähnte das nicht, denn der begeisterte Ausdruck auf Dmitris Gesicht war einfach zu schön.

Er schwebte neben mir her, als würde er hüpfen. „Du hast recht! Ted hat mich zu seiner Hütte eingeladen, falls mir langweilig wird. Ich glaube, ich nehme ihn beim Wort. Was denkst du, Grim?"

Grim wedelte mit dem Schwanz und nickte mit seinem großen, zotteligen Kopf.

„Abgemacht! Dann planen wir das, sobald wir mit dem Deputy fertig sind."

Fühlte ich mich ein bisschen ausgeschlossen?

Vielleicht. Aber nicht genug, um nur so zum Spaß in die Deadwoods zu gehen.

„Frag ihn, ob er bis zum Mordsumpf will. Da war ich seit Ewigkeiten nicht mehr! So tödlich. So, so tödlich ..."

Nachdem ich den Mordsumpf erwähnt hatte, wollte Dmitri auf dem restlichen Weg über nichts anderes mehr sprechen. Es war eine enorme Erleichterung, als ich meine Übersetzerpflichten abgeben und die kühle Luft der Wache betreten konnte.

Jingo, der Kobold, blickte vom Empfangstresen auf und verdrehte demonstrativ die Augen. Ja, er mochte mich wirklich. Aber Grim mochte er noch viel mehr.

„Wenn dieser Köter auch nur daran denkt, im Umkreis von zwanzig Metern meines Schreibtischs ein Bein zu heben ..."

„Keine Sorge", versicherte ich ihm. „Das war nur dieses eine Mal."

„Ich bin den Gestank ewig nicht losgeworden. Was fütterst du ihm eigentlich?"

„Meistens Speck und Würstchen."

„Ich hätte auf Spargel getippt." Er warf Grim noch einen finsteren Blick zu und sagte dann: „Geht rein. Er erwartet euch."

Stus sonst so nüchterner Schreibtisch sah langsam immer mehr aus wie der von Sheriff Bloom, und als wir eintraten, blickte er nicht sofort von den Berichten auf, die vor ihm lagen.

„Setz dich, Nora."

Ich tat es, und wir warteten noch einen Moment, bevor er den Stift beiseitelegte, sich über seinen borstigen Schnurrbart strich und sagte: „Hast du was von ihm gehört?"

„Und wie. Er ist gerade bei mir."

Stu setzte sich gerader hin. „Im Ernst?"

„Ich würde dich doch nie anlügen, Stu."

„Na dann. Was hat er zu sagen?"

Also erklärte ich dem Deputy alles, was ich über die Situation wusste – ich ließ dabei allerdings aus, wo Dmitri seinen Ersatzschlüssel versteckt hatte. Das würde ich Stu später erzählen, falls er danach fragte, aber ich wollte Bryant erst einmal einen ausreichenden Vorsprung verschaffen, damit er die Trommeln holen konnte, bevor sie alles abriegelten.

„Hm. Na gut. Ich nehme an, wir hören bald was wegen der Herzsache. Gerichtsmedizinerin Stern will ihren Bericht morgen fertig haben, und dann dauert es ein oder zwei Tage, bis der magische Pathologe Brightburn an der Reihe ist."

„Das ist in Ordnung. Es eilt nicht."

„Du gehst davon aus, dass er nicht ermordet wurde", sagte Stu. „Wenn er ermordet wurde, könnte das der erste Fall in einer ganzen Reihe sein. Und dann eilt es sehr wohl."

Diese Möglichkeit bestand natürlich. Trotzdem hatte ich den Eindruck, dass seine Vermutung weniger mit den Details dieses Falls zu tun hatte als damit, dass Stu Manchester dringend Urlaub brauchte.

Es klopfte leise an der Tür, und dann hörte ich Sheriff Blooms Stimme hinter mir. „Oh, hallo, Nora. Ich hoffe, ich störe nicht. Ich wusste nicht, dass jemand hier ist."

„Nein, du störst nicht", sagte ich. „Ich glaube, wir sind sowieso gerade fertig."

Sie lächelte höflich, während ihr Blick kurz durch den Raum wanderte.

„Brauchen Sie etwas, Sheriff?", fragte Stu.

„Ja, aber das kann warten. Nora, kann ich kurz mit dir sprechen?"

Ihr sachlicher Ton gab mir das Gefühl, ins Büro des Schulleiters zitiert zu werden.

Dann fügte sie hinzu: „Allein."

Als ihr Blick noch einmal misstrauisch durch den Raum ging, wusste ich, dass sie nicht nur Grim und Stu meinte.

„Dann bleibe ich eben hier", sagte Dmitri.

„Gute Idee", sagte ich und folgte dem Engel aus Stus Büro.

Bloom führte mich in ihr Büro und schloss die Tür hinter mir. „Ich habe eine Präsenz gespürt. Liege ich richtig mit der Annahme, dass es Dmitri Flint ist?"

„Ja."

Sie nickte. „Das ist interessant. Und glaubt er, dass er ermordet wurde?"

„Nein."

Sie nickte noch einmal. „Ich habe Dmitri ein paarmal getroffen, und er ist ein umgänglicher Kerl. Sehr sympathisch."

„Ja, das war eine angenehme Überraschung."

„Möchtest du wissen, in welcher Funktion ich mit ihm zu tun hatte?" Ihre starre Haltung und ihr knappes Auftreten gaben mir reichlich Hinweise.

„Oh. Ich nehme an, in offizieller?"

„Ja. In dieser Stadt leben fast zweitausend Wesen, und die meisten werden geboren, wachsen auf und sterben eines natürlichen Todes, ohne dass ich jemals Gelegenheit habe, auch nur ihren Namen zu erfahren. Aber seinen kenne ich. Er hat … Verbindungen."

Es fühlte sich an, als hätte mir jemand von hinten auf den Kopf geschlagen. „Davon hat er nichts erwähnt." Sie war so freundlich, mir einen Moment zu lassen, damit ich hinzufügen konnte: „Natürlich hat er das nicht."

Sie schüttelte ihre riesigen weißen Flügel zurecht und

setzte sich hinter die papierene Festung ihres Schreibtischs. „Bevor du in die Stadt gekommen bist, hatte ich viele Gelegenheiten, eng mit Ruby True an Fällen zu arbeiten."

„Von ein paar hat sie mir erzählt."

Bloom grinste. „Das glaube ich sofort. Aber durch die Zusammenarbeit mit ihr habe ich gelernt, dass Geister und lebende Verdächtige gar nicht so verschieden sind. Man kann sich nicht darauf verlassen, dass sie etwas sagen, das sie selbst in ein schlechtes Licht rücken würde. Und mehr noch: Man kann nicht erwarten, dass sie sich aller Leute bewusst sind, die ihnen schaden wollen könnten. Wenn Sterbliche diese Fähigkeit hätten, gäbe es sehr viel weniger Morde, weil sie ihre Verteidigung viel effektiver stärken könnten.

Was ich sagen will: Du solltest Dmitri nicht einfach beim Wort nehmen, egal wie charismatisch und aufrichtig er wirkt. Das heißt nicht unbedingt, dass er absichtlich irgendwas verschleiert. Es bedeutet nur, dass wir unserem eigenen Geist oft nicht vertrauen können, dass er uns die relevanten Informationen über uns selbst zeigt. Ruby hat mir einmal von einem Mann namens Sigmund Freud erzählt ..."

„Bitte, Sheriff. Wenn wir jetzt anfangen, über meine Eltern zu reden, muss ich mich setzen."

„Nein, darum geht es nicht. Aber du kannst dich natürlich setzen."

Ich beschloss, stehen zu bleiben, und sie zuckte mit den Schultern. „Der Teil seiner Theorien, auf den du anspielst, klingt für mich übrigens ziemlich nach Einhornäpfeln. Aber über den Teil mit dem *Über-Ich* denke ich jeden Tag nach." Sie lehnte sich gegen ihren Schreibtisch, wobei ein wackliger Stapel Akten zu Boden fiel, ohne dass sie auch nur einen Blick darauf warf. „Das Über-Ich ist ein ziemlicher Betrüger, findest du nicht? Es behauptet, nur unser Bestes im Sinn zu haben, zu wissen, was richtig und falsch ist, und wenn es uns etwas sagt, dann beschützt es uns oder treibt uns an, besser zu werden. Aber es gibt nur eine Sache, die das Über-Ich wirklich interessiert – und das ist der Ruf des Über-Ichs."

„Nicht böse gemeint, Sheriff, aber ich verstehe nicht ganz, warum du mir das erzählst."

„Weil es entscheidend ist, dass Strafverfolgungsbehörden das verstehen – und ob du es willst oder nicht, das ist eine der Rollen, die du in dieser Stadt übernimmst. Nur, weil jemand beabsichtigt, dir die Wahrheit zu sagen, heißt das nicht, dass er es auch tut. Fast jeder möchte glauben, ein guter Mensch zu sein, selbst Berufsverbrecher. Ihr Über-Ich wird die Fakten so verdrehen, wie es nötig ist, um dieses positive Selbstbild zu bekommen. Wenn die Information, die du brauchst, diese Geschichte über ihre eigene Güte zerstören würde, kannst du nicht erwarten, sie von ihnen zu hören – egal, wie ehrlich sie sein wollen. Das Über-Ich wird diese unangenehme Wahrheit hinter Schichten von Ausreden, Rechtfertigungen und Identität verstecken, bis es fast ein Wunder braucht, um sie freizulegen."

Ich wusste instinktiv, dass sie recht hatte. Wie oft hatte mein eigener Kopf – mein Über-Ich oder wie auch immer wir es nennen wollen – mir eine bequeme Rechtfertigung geliefert, damit ich tun konnte, was ich ohnehin tun wollte, und das mit einem Gefühl moralischer Überlegenheit ... nur um später mit einigem Unbehagen festzustellen, dass ich schlicht getan hatte, was ich wollte – unabhängig davon, was richtig war?

Jetzt setzte ich mich doch, plötzlich seltsam erschöpft. „Du glaubst, ich sollte Dmitri nicht vertrauen."

„Nein. Das glaube ich nicht. Aber ich denke auch, dass du – oder irgendjemand – den meisten Leuten nicht vertrauen sollte. Zumindest nicht ihrem Wort. Vermutlich kommt diese Skepsis daher, dass ich die Spuren von Schuld auf einer Seele erkennen kann. Jeder trägt ein bisschen Schuld mit sich herum. Und es ist kein Zufall, dass diejenigen mit dem aktivsten Über-

Ich auch die meiste Schuld mit sich herumtragen. Sie erlauben sich nie lange genug, ihre Fehler und Schwächen einzugestehen, um das zu tun, was nötig wäre, um diese Schuld zu bereinigen."

„Als du gesagt hast, Dmitri habe Verbindungen – was genau hast du damit gemeint?"

Sie legte die Fingerspitzen aneinander und berührte damit ihren Mund, bevor sie sprach. „Ich denke, du solltest besser mit den Beteiligten sprechen. Die Geschichte, die sie dem Sheriff direkt nach dem Ereignis erzählen – wenn das Über-Ich am aktivsten ist –, wird ganz anders sein als die Geschichte, die sie Jahre später einer Hexe des Fünften Windes erzählen."

„Du glaubst, die Leute werden offener sein? Ehrlicher?"

Bloom lachte leise. „So ehrlich, wie sie eben sein können."

„Verstehe."

„Aber das ist nicht der Hauptgrund. Man begeht einen Mord nicht aufgrund von Fakten oder Realität. Man begeht einen Mord aufgrund der Geschichten, von denen man glaubt, dass sie wahr sind. Vielleicht ist es die Geschichte vom *Richtigen*, vielleicht die von *er oder ich*, vielleicht etwas Komplizierteres – aber es steckt immer eine Geschichte dahinter."

Sie machte eine Pause und lehnte sich in ihrem Holzstuhl zurück. „Welche Geschichten sich irgendjemand vor Jahren über Dmitri erzählt hat, ist irrelevant – er wurde nicht vor Jahren ermordet. Entscheidend sind die Geschichten, die diese Leute sich heute über ihn erzählen. Diese Geschichten bestimmen, ob Mord für sie vor zwei Tagen wie eine gute und gerechte Option erscheinen konnte."

„Und mit wem sollte ich deiner Meinung nach sprechen?"

„Als Erstes mit Greggory O'Leary. Ein Kobold oben in Erin Park und ein alter Freund – und Komplize – von Dmitri. Ich bin sicher, er wird eine Menge Informationen für dich haben, wenn du nur an sie herankommst. Und dann natürlich der immer entzückende Graf Sebastian Malavic."

„Fänge und Klauen ..."

„Da stimme ich zu. Ich beneide dich nicht."

Also gut. Was wäre eine Ermittlung schon ohne Malavic?

„Wie tief steige ich hier eigentlich ein, wenn ich diesen Spuren folge?", fragte ich.

Der Engel dachte einen Moment lang nach. „Das weiß ich nicht. Ich weiß nur, dass bei meinen letzten Begegnungen mit Dmitri Flint etwas da war. Eine Schuld, die nicht so vage ist wie bei den meisten Menschen, sondern hart und dicht wie ein Stein. Ich weiß nicht, was es ist – aber ich weiß, dass es nicht nichts ist."

Fantastisch! Noch mehr mysteriöse Umstände. Warum konnte nie irgendwas einfach klar und eindeutig sein?

„Du glaubst, es hat mit seinem Tod zu tun?"

„Mein Gefühl sagt Ja", antwortete der Engel. „Was sagt deine *Einsicht*?"

Einhornäpfel! „Ja. Sie sagt jetzt auch Ja, nachdem ich das alles über ihn weiß."

Sie stand auf, also tat ich es ebenfalls. Dann trat sie näher und legte mir eine Hand auf die Schulter. Ich erinnerte mich an die Umarmung beim Lunasa-Fest und daran, wie gut sich das angefühlt hatte. Das hier war nicht dasselbe, aber trotzdem tröstlich.

„Du musst nicht gleich das Schlimmste von ihm denken. Auf der Skala der Kriminellen in dieser Stadt steht er nach allem, was ich weiß, ziemlich weit unten. Ich möchte nur nicht, dass du blind in die Sache hineinstolperst. Wenn du die Fakten kennst und vorgewarnt bist, läuft es meistens gut für dich. Mehr ist das nicht."

Ich schluckte. „Danke, Sheriff."

Ihre Hand glitt von meiner Schulter, und ich interpretierte das als Wink zu gehen.

Als ich ihr Büro verließ, dachte ich: *Natürlich. Der erste Geist seit Langem, den ich wirklich mag – und er verschweigt mir wichtige Dinge.*

Nun denn, nur ein weiterer Arbeitstag, der mich am Ende wahrscheinlich noch umbringt.

Kapitel Neun

Grim und Dmitri folgten mir die Stufen vom Sheriff's Department hinunter. Es war fast Abendessenzeit (zumindest knurrte mein Magen so), doch die Frühlingssonne ließ sich mit dem Untergehen Zeit, und die Welt war noch immer hell.

„Was hat sie gesagt?", fragte Dmitri. „Hast du Ärger bekommen? Ist sie wütend auf dich geworden? Oh! Musstest du eine Strafe zahlen?"

Ich wartete, bis wir ein gutes Stück Abstand von der Wache hatten, und sagte dann: „Du musst mir von deinen Verhaftungen erzählen. Von allen."

Ich wollte nicht so verbittert klingen, aber ich war nicht gerade begeistert von den Neuigkeiten. Seine mangelnde Offenheit hatte mich vor dem Sheriff ziemlich dumm dastehen lassen, und wenn es jemanden in dieser Stadt gab, dessen Anerkennung ich mir mehr wünschte als die von Sheriff Bloom, fiel mir der gerade nicht ein.

„Du warst nicht gerade besonders offen, oder?", fragte ich.

„Was meinst du? Womit denn?"

„Mit deinem Strafregister."

„So würde ich das nicht nennen. Ein paarmal hat man mir auf die Finger geklopft, und einmal habe ich eine Nacht im Gefängnis verbracht, wegen Trunkenheit und Ruhestörung. Was soll ich sagen? Früher habe ich das Leben genossen. Aber als ich von meinem Herzproblem erfahren habe, war das der heilsame Schock, den ich gebraucht habe. Mit so einem Zeug lasse ich mich nicht mehr ein."

„Mit was für Zeug?"

„Mit dummen und leichtsinnigen Sachen."

„Mit Greggory O'Leary? Oder Graf Malavic?"

Das ließ ihn innehalten, und er drehte sich zu mir um. „Was hat sie über die beiden gesagt?"

„Nur, dass sie Teil deines Strafregisters sind."

„Ich sag dir doch, das ist kein Strafregister. Ich meine, streng rechtlich gesehen vielleicht. Aber das klingt gleich so schlimm. Es war eher ... Unfug."

„Strafbarer Unfug."

Er seufzte, was bei einem Geist immer ein seltsamer Anblick ist, wenn man bedenkt, dass sie eigentlich gar nicht atmen. „Na schön, na schön. Dann einigen wir uns auf strafbaren Unfug."

„Ich sollte dir das eigentlich nicht erklären müssen", sagte ich und versuchte, ruhig zu bleiben, „aber manchmal, wenn eine Hexe zu viel Unfug anstellt, beschließen Leute, diese Hexe umzubringen, um sie aus dem Weg zu räumen und den Unfug zu beenden."

„Hör zu, ich weiß nicht, was sie dir erzählt hat, aber das ist alles längst Vergangenheit. Die Sache mit O'Leary und Malavic – nichts davon ist was, wofür irgendwer mich umbringen würde. Deshalb habe ich es nicht erwähnt."

„Ist das wirklich der Grund? Oder hast du es nicht erwähnt, weil du nicht zugeben wolltest, dass deine eigenen Handlungen vielleicht zu deinem Tod geführt haben?"

„Wow", sagte er. „Dieser Engel hat dich ganz schön beeinflusst. Wer hätte gedacht, dass Urteilen ansteckend ist?"

Vielleicht hatte er recht. Ich hatte mir nach dem Gespräch mit Bloom tatsächlich ein Urteil gebildet. Vermutlich eine Nebenwirkung davon, sich wie ein Idiot vorzukommen.

„Ich lasse es auf sich beruhen", sagte ich. „Aber kannst du von jetzt an einfach aufrichtiger zu mir sein? Wir wollen doch beide dasselbe. Wir wollen, dass du hinübergehen kannst. Alles, was ein Hinweis sein könnte, ist hilfreich. Manchmal sind es die seltsamsten Dinge, die sich als die besten Spuren erweisen."

„Abgemacht. Ab jetzt völlige Ehrlichkeit zwischen uns."

Oje. *So* hatte ich das nicht gemeint. Ich hatte keineswegs vor, ihm gegenüber vollkommen ehrlich zu sein. Schließlich hatte ich einen Job zu erledigen. Ich brauchte seine Ehrlichkeit mir gegenüber – aber in genau diesem Moment schmiedete ich bereits einen Plan, der voraussetzte, dass ich ihn im Dunkeln ließ. Wortwörtlich.

Wir gingen noch ein paar Minuten weiter in Richtung Rubys Haus, bevor ich sagte: „Weißt du, ich werde in den nächsten Tagen lange arbeiten müssen. Vielleicht solltest du die Gelegenheit mit Grim nutzen und einen Ausflug in die Deadwoods machen."

Ich sah von Dmitri zu Grim, und beide schienen von der Aussicht durchaus angetan. Aber ich war mir nicht sicher, ob sie wirklich überzeugt waren, und ohne ging es nicht. Also versüßte ich das Angebot – zumindest für Grim.

„Komm, wir gehen noch kurz beim Metzger vorbei, und ich kaufe euch was zu essen, das ihr mitnehmen könnt."

Und genau so hatte ich mir den folgenden Nachmittag freigekauft, um Greggory O'Leary und Graf Sebastian Malavic allein zu befragen.

Hurra?

Manche Siege fühlten sich verdächtig nach Niederlagen an.

Greggory O'Learys Haus lag tief im Herzen von Erin Park, was keine Überraschung war; die meisten Kobolde entschieden sich dafür, in der Nähe anderer Kobolde zu leben. Sicherheit in der Gemeinschaft und so.

Ich wusste nichts über O'Leary, deshalb verzichtete ich darauf, ihm vorher Bescheid zu sagen, dass ich kommen würde. Wenn er irgendwas mit Dmitris Tod zu tun hatte, war er ein potenzieller Flüchtiger.

Allerdings hatte ich Zweifel an dieser Theorie. Trotz allem, was Bloom gesagt hatte, glaubte ich nicht, dass Dmitri viel über O'Leary zurückhielt. Er hatte zugegeben, dass die beiden gemeinsam in irgendwelchen dummen Ärger geraten waren. Das hatte er nicht verschwiegen. Und ich war immer noch weitgehend der Meinung, dass Dmitris Tod ein natürlicher gewesen war.

„Hallo, Mr. O'Leary", sagte ich, als der Kobold die Tür öffnete. „Ich bin Nora Ashcroft."

„Hab' schon von Ihnen gehört", sagte er und musterte mich genau. Für einen Kobold war er groß, gut eins fünfzig, und sein rundes Gesicht wurde von einem kastanienbraunen Bart und einem kurzen, struppigen Haarschopf eingerahmt. Eine tiefe, weiße Narbe zog sich vom Mittelpunkt des Amorbogens seiner Lippen bis etwa einen Zoll unter sein rechtes Auge. „Sie sind der Fünfte Wind."

„Das stimmt."

Sein Ton verriet nichts. „Dann wollen Sie wohl mit mir über Dmitris Tod sprechen?"

„Deshalb bin ich hier, ja."

„Bin ich ein Verdächtiger?"

„Nicht, soweit es mich betrifft.“

Er schnaubte. „Dann sind Sie vielleicht nicht besonders gut in Ihrem Job. Wenn ich Sie wäre und über mich Bescheid wüsste, wäre ich mit Handschellen hier aufgetaucht.“

„Ich kann Deputy Manchester gern herbestellen, wenn Sie möchten, dass es so läuft.“

„Ach, lassen Sie mal. Ich war’s sowieso nicht. Kommen Sie rein.“

Er trat zur Seite, und ich duckte mich, um mir nicht den Kopf am niedrigen Türrahmen zu stoßen.

Zum Glück musste ich drinnen nicht gebückt gehen. Die Decke war hoch genug für Gäste meiner Größe, doch der Raum fühlte sich trotzdem etwas klaustrophobisch an. Dickes Moos bedeckte die Innenwände und war nur rund um die offenen Fenster gestutzt, durch die die warme Nachmittagsluft hereinströmte.

„Setzen Sie sich, ich mache Tee.“

Ich tat es und ließ mich an einem niedrigen Tisch mitten im Wohnzimmer nieder, während er in der Küche verschwand.

Aus schmerzhafter Erfahrung wusste ich, dass Gastfreundschaft in diesem Beruf nicht viel zu bedeuten hatte. Er konnte in der Küche verschwinden und nie wieder zurückkommen. Oder er konnte etwas in meinen Tee mischen, so wie die Doppelgänger es getan hatten, und mich dann in irgendeinen düsteren Keller sperren – oder Schlimmeres.

Alles war möglich.

Und genau deshalb erschien es mir sinnlos, mir darüber Sorgen zu machen. Es gab unendlich viele Möglichkeiten, wie jemand mir schaden konnte, und sie mir alle auszumalen, um sie zu verhindern, war zwecklos und reine Energieverschwendung. Ganz gleich, wie gut ich mich vorbereitete – schlechte Menschen fanden immer neue und überraschende Wege, um mich anzugreifen.

Ich musste einfach auf meine Intuition hören und darauf vertrauen, dass ich einen Weg finden würde, mit dem Schlimmsten umzugehen, wenn es eintrat.

Bis dahin konnte ich die Gastfreundschaft genauso gut annehmen und vermeiden, die Leute zu verärgern, die vielleicht nützliche Informationen für mich hatten.

O'Leary verschwand nicht. Ein paar Augenblicke später kam er mit einem Tablett zurück, auf dem zwei hölzerne Becher und ein dampfender Teekessel standen. Er stellte die Becher ab, einen vor mich und den anderen vor seinen Platz, stellte den Kessel zwischen uns und drehte sich dann um, um das Tablett auf einer nahen Eichenkommode abzustellen.

In diesem Moment tauschte ich schnell unsere Becher.

Was? Ich konnte vielleicht nicht jeden Versuch vereiteln, aber ich würde es niemandem leicht machen, mich zu vergiften.

Er goss Tee ein, und ich nahm mir fest vor, erst dann zu trinken, nachdem er einen Schluck genommen hatte.

„Ich kann Ihnen vielleicht ein bisschen Zeit sparen", sagte er und lehnte sich in seinem Sessel zurück. „Dmitri hatte keine Feinde, von denen ich wusste, und wir haben uns seit Jahren aus Ärger rausgehalten."

„Wussten Sie von seiner Herzerkrankung?"

„Herz würde ich das kaum nennen. Eher eine tickende Zeitbombe."

„Wann hat er Ihnen davon erzählt?"

„Sobald er davon erfahren hat. Er ist zu mir gekommen und hat gesagt: ‚Greg, mein Leben könnte morgen vorbei sein, und es wäre doch schade, wenn wir bis dahin nicht noch ein bisschen Spaß hätten.' Na ja, ich habe seinem Hexenbalg gesagt, dass jedermanns Leben morgen vorbei sein kann – so ist nunmal die Welt – und dass das kein Grund ist, die Chancen darauf noch zu erhöhen."

„Also haben Sie ihm irgendwas Dummes ausgeredet?"

„Ach, jemanden von was Dummem abzuhalten funktioniert nicht. Wenn jemand genug Verstand hätte, auf die Vernunft zu hören, würde er gar nicht erst dumme Dinge tun. Und Dmitri war genau der Typ, der die dümmsten Ideen immer für die besten gehalten hat."

„Und Sie?"

„Ich war gerade dumm genug, um mitzumachen. Na ja, meistens."

Zumindest tat O'Leary nicht so, als stünde er über allem. „Er hat gesagt, dass Sie beide schon länger keinen Ärger mehr hatten."

Endlich trank er einen Schluck von seinem Tee, also tat ich es auch. Er hatte eine rötliche Farbe und war gerade stark genug, dass ich den restlichen Nachmittag wohl ohne eine weitere Tasse Kaffee überstehen würde.

„Keinen Ärger mit dem Gesetz, nein", sagte er. „Im Sheehan's kurz vor der Sperrstunde hat es uns allerdings manchmal doch erwischt. Besonders bevor Seamus, Lucent und Slash in Ironhelm gelandet sind." Er prostete mir mit seiner Teetasse zu. „Danke übrigens dafür."

„Nicht der Rede wert. Ich habe sie nicht gezwungen, das Gold zu stehlen. Die ganze Arbeit haben sie selbst erledigt. Ich habe nur beim Aufräumen geholfen."

„Davon könnten wir in Eastwind mehr gebrauchen, das steht fest. Wobei Dmitri und ich damals vermutlich nicht halb so viel Spaß gehabt hätten, wenn Sie dagewesen wären."

„Als Sie jünger waren und viel Spaß gehabt haben – wie sah das konkret aus?"

Sein Blick wanderte einen Moment durch den Raum und blieb kurz an einem vollgestopften Bücherregal hängen, das aus dem Stumpf eines riesigen Baumes geschnitzt war. „Sind Sie mit Koboldmagie vertraut?"

„Ein bisschen. Beim letzten Lunasa-Fest gab es diesen Schuldsturm."

Er lachte leise. „Ach, das war das? Ich habe Gerüchte gehört, war mir aber nicht sicher. Sowas habe ich selbst nie heraufbeschworen. Es hat mir nie Freude gemacht, meine Magie gegen andere einzusetzen." Er hielt kurz inne. „Die paar Male, die ich es getan habe, war es nur, um uns zu helfen, hier und da ein Schmuckstück zu stehlen, und das waren keine ernsthaften Zauber."

„Und mit ,uns' meinen Sie sich und Dmitri?"

„Genau. Es gibt einen Grund, warum Ezra Ares keine goldenen Medaillons mehr verkauft." Er grinste, und die Sonne blitzte in seinen haselnussbraunen Augen. „Früher hat er auch weichen Golddraht benutzt, um die Kristalle für Halsketten zu befestigen – und Gold ist nicht nur ein hervorragender magischer Leiter, sondern wir Kobolde können es auch leicht zu uns rufen, wenn wir es gut sehen können."

„Und ich nehme an, das haben Sie getan?"

„Oh ja. Bei einem besonders guten Fang haben Dmitri und ich so viel Beute gemacht, dass wir von dem Gewinn eine ganze Woche in Avalon verbringen konnten."

„Ich wette, Ezra war davon nicht begeistert."

„Ach ..." Er zuckte mit den Schultern und winkte ab. „Ich meine, begeistert war er nicht gerade, aber der Mann hat eine Schwäche für guten Unfug, selbst wenn er auf seine Kosten geht."

„Sie glauben nicht, dass er Ihnen das bis heute übelnimmt?"

„Ezra? Niemals. Vor allem nicht, nachdem wir ihm aus Avalon ein paar Dinge mitgebracht haben, die streng genommen in diesem Reich nicht legal sind."

„Er hat also keine Anzeige erstattet, nehme ich an?" Die Antwort kannte ich eigentlich schon. Sheriff Bloom hatte

Ezras Namen nicht auf ihrer Liste von Dmitris Vergehen erwähnt.

„Natürlich nicht. Ezra unterstützt Leute, die das Gesetz ein bisschen beugen, solange niemand ernsthaft zu Schaden kommt. Er hätte uns damals sicher nicht entmutigen wollen, wo wir noch so jung waren."

„Sie wussten jedenfalls, wie Sie ihn ruhig halten."

O'Leary lachte. „Jeder weiß, wie man Ezra ruhig hält. Genauso, wie er alle anderen hier in der Stadt ruhig hält, was seine … Situation angeht."

Er spielte natürlich auf die Tatsache an, dass Ezra Ares schon vor Jahrzehnten aufgehört hatte zu altern. Seit Donovans Bruder Ezra um Hilfe bei genau derselben Sache gebeten hatte, wusste ich darüber ein bisschen mehr als die meisten, aber ich hatte nicht vor, das jetzt auszuplaudern.

O'Leary fuhr fort: „Wenn man will, dass Leute schweigen, muss man sie glücklich machen. Und zwar so, dass sie glauben, niemand sonst könne dasselbe für sie tun, ohne einen zu hohen Preis dafür zu zahlen. Ezra hat jedem Mächtigen in dieser Stadt schon einmal nicht ganz legale Gefallen getan. Und er gibt seinen Kunden das Gefühl, ein Angebot zu bekommen, das sie nirgendwo sonst kriegen würden. Wir haben für ihn im Grunde dasselbe getan."

„Okay", sagte ich. „Genug Schwarzmarkt für Einsteiger. Wollen Sie mir sagen, dass Sie und Dmitri nur ein bisschen mit Kobold- und Hexenmagie herumgespielt haben?"

„Ganz und gar nicht. Wir haben eine Menge damit angestellt. Und nicht immer nur mit der harmloseren Seite."

„Erzählen Sie mir davon."

Er rutschte auf seinem Stuhl hin und her, und sein Blick huschte nur für den Bruchteil einer Sekunde zurück zum Bücherregal. „Man nennt es Draíolc. Das ist das Studium dunkler und uralter Magie, der Kobolde vor langer Zeit abgeschworen haben. Wir waren bei Weitem keine Praktizierenden, aber in unseren dümmeren Jahren haben wir hin und wieder damit herumexperimentiert."

„Er auch? Obwohl er eine Hexe war?"

„Ja. Die Geheimnisse dieser Magie werden von meiner Art gehütet, aber sie stehen allen offen, die über Macht verfügen."

„Und was ist mit einer Hexe des Fünften Windes, die es nicht mal schafft, einen Wäschekorb schweben zu lassen, selbst wenn ihr Leben davon abhinge?"

Er lachte. „Oh, ich wette, ein Fünfter Wind könnte mit solcher Magie ziemlich gut umgehen. Nekromantie ist davon gar nicht so weit entfernt."

„Klingt wunderbar", sagte ich. „Während Sie und Dmitri also mit tiefokkultem Kram herumgespielt habt – besteht irgendeine Chance, dass Sie damit Ereignisse ausgelöst haben, die zu seinem Tod geführt haben?"

„Mit an Sicherheit grenzender Wahrscheinlichkeit."

Ich blinzelte. „O-kay ..." Ich wartete darauf, dass er weitersprach, aber das tat er nicht. „Fällt Ihnen was Bestimmtes ein?"

„All das hätte sowohl zu seinem Tod als auch zu meinem führen können. Hat es aber nicht."

„Da sind Sie sicher?"

„Ziemlich. Weil wir nie wirklich gut in Draíolc waren. Wir haben fast nie einen Zauber hinbekommen. Und die, die funktioniert haben, waren simpel und ... größtenteils harmlos."

Ohne es zu merken, trank ich meine Tasse aus und bekam eine ordentliche Portion bitteren Bodensatz in den Mund. Süßes Baby-Jackalope!

O'Leary grinste. „Macht wach, was?"

„Allerdings." Ich stellte die Tasse vorsichtig ab und versuchte, mich wieder zu konzentrieren. Aber es war zu spät, und ich war mir ziemlich sicher, dass ich genug hatte, womit ich arbeiten konnte. „Ich sollte mich besser auf den Weg machen. Ich habe noch einen Termin, zu dem ich nicht zu spät kommen sollte.“

„Natürlich.“ Wir standen beide auf, und er führte mich hinaus.

„Falls Ihnen noch irgendwas einfällt, das hier nützlich sein könnte, sagen Sie mir bitte Bescheid.“

Er nickte. „Und wenn Sie herausfinden, was passiert ist, sagen Sie dann mir Bescheid? Dmitri war der beste Freund, den ich je hatte.“ Er seufzte schwer. „Ich ertrage den Gedanken nicht, dass er eines natürlichen Todes gestorben sein könnte, anstatt bis zum Hals in Einhornäpfeln zu stecken, die er sich selbst eingebrockt hat.“

„Ich halte Sie auf dem Laufenden.“

Ich kehrte dem Kobold den Rücken zu und fragte mich, ob ich auch Freunde hatte, die sich dasselbe für mich wünschten. Und falls ja, wie ich sie schnell aus meinem Leben bekommen konnte.

Kapitel Zehn

Ich konnte nicht glauben, dass ich wieder im Schloss des Grafen war. Das bedeutete, dass ich, seit ich nach Eastwind gekommen war, öfter in dem unheimlichen, abgeschiedenen Haus eines Vampirs auf einer Halbinsel mit Blick auf einen tiefen See gewesen war, der weiß der Himmel welche Gefahren verbarg, als beim Zahnarzt. Wenn mich am Ende eine Zahnfleischerkrankung umbrachte, wäre das eine Ironie, die ich wohl verdient hätte.

Ich hatte eine Nachricht vorausgeschickt, damit der Graf mit meinem Besuch rechnete, als ich klopfte. Es war keine besonders gute Idee, jemandem wie ihm Gelegenheit zu geben, sich auf seinem eigenen Terrain auf meine Ankunft vorzubereiten, aber ich war kein kompletter Idiot; ich hatte Ruby auch von meinen Plänen für den Tag erzählt. Falls ich also nicht nach Hause kam, wusste sie wenigstens, wer mich ermordet hatte. Oder, was eher im Stil des Grafen wäre, wer mich hatte ermorden lassen, während seine Hände schön sauber blieben.

„Wie schön, Besuch zu haben!", sagte er und führte mich in den düsteren Raum.

Ich sah mich um. Überall standen Möbel mit rotem Samtbezug, und von der Decke hingen Kerzen, deren Wachs an den Halterungen hinuntertropfte. Am liebsten hätte ich ihn ein wandelndes Klischee genannt, aber ich musste mir Mühe geben, höflich zu bleiben, bis ich herausgefunden hatte, was ich über Dmitri wissen wollte.

Wir gingen in ein Wohnzimmer, in dem jedes Porträt an der Wand so aussah, als würden seine Augen mir folgen.

Er musste bemerkt haben, dass ich starrte, denn er sagte: „Du bildest dir das nicht ein. Sie beobachten dich wirklich. Ich musste sie aus Transsilvanien bestellen. In jedem steckt eine gefangene Seele." Er grinste über meinen entsetzten Gesichtsausdruck. „Natürlich nur ein Scherz. Ich habe sie auf einem kleinen Markt in Dolgoeth gekauft. Transsilvanien ist eine kulturelle Einöde."

Er bot mir einen Sessel am Kamin an, und obwohl ich lieber stehen geblieben wäre, musste ich mitspielen.

Er selbst ließ sich auf einem kleinen Sofa mit rotem Samtbezug nieder, lehnte den Rücken gegen eine der hölzernen Armlehnen und legte seine glänzenden schwarzen Lackschuhe auf die andere. „Womit kann ich dir heute helfen, meine liebe Nora Ashcroft?"

Er wusste, dass ich von Anfang an im Nachteil war. Das war das einzige Mal, dass er sich so freundlich gab. Er genoss es offensichtlich.

„Mich interessiert, was du über Dmitri Flint weißt."

„Er ist tot." Er zog eine Augenbraue hoch. „Habe ich richtig geraten?"

„Ja, das hast du. Aber ich meine: Was weißt du über ihn aus der Zeit, bevor er gestorben ist? Ich habe gehört, ihr beide hattet mal Ärger mit dem Gesetz."

Er faltete die Hände im Schoß und neigte den Kopf, während er die Lippen verzog, als wäre ich ein bedauernswertes Ding. „Dann hast du das falsch verstanden. *Er* hatte durchaus Ärger – aber bevor er ihn mit dem Gesetz hatte, hatte er ihn mit meinem Drachen."

Ich konnte meine Überraschung nicht verbergen. „Deinem Drachen? Du meinst den, der hinter den Rainbow Falls lebt?"

„Ja. Und *sie* hat einen Namen: Maggie. Dmitri und der Kobold Greggory O'Leary kamen auf die Idee, sich dorthin zu schleichen und zu versuchen, einen Teil des Goldes der Stadt zu stehlen." Als er sah, dass ich ihn mit offenem Mund anstarrte, sagte er: „Ach, komm schon. Du hast doch nicht wirklich geglaubt, Seamus Shaw wäre der erste Kobold gewesen, der auf diese dumme Idee gekommen ist. Wenn er der Erste gewesen wäre, müssten wir den Stadtschatz nicht hinter einem tosenden Wasserfall verstecken und von einem Drachen bewachen lassen."

„Stimmt. Es ist nur ... sowas überhaupt zu versuchen, ist unfassbar dumm."

Graf Malavic lachte. „Oh ja. Da stimme ich dir zu. Aber ich muss Flint und O'Leary eines zugutehalten: Sie haben es tatsächlich hinter die Wasserfälle geschafft. Bis heute weiß ich nicht, wie sie das angestellt haben. Doch dann haben sie Maggie verletzt – und da hörte bei mir der Spaß auf."

„Kann ich mir vorstellen."

„Nein, kannst du nicht. Zum Glück hat sie Dmitri einmal quer über den Bauch erwischt. Einen Zentimeter tiefer, und sie hätte ihn ausgeweidet. Und genau das hätte er verdient. Aber so hat er mit der richtigen medizinischen und magischen Behandlung überlebt. Und Maggie geht es auch gut, danke der Nachfrage."

Ich versuchte, mir einen Reim darauf zu machen. Dmitri hatte selbst gesagt, dass er in jüngeren Jahren dumm gewesen war. Aber das hier ging weit über Dummheit hinaus.

„Ich habe natürlich Anzeige erstattet", fuhr Malavic fort,

„zusätzlich zu dem, was ihnen sowieso schon wegen Landfriedensbruchs drohte. Niemand verletzt meinen Drachen und kommt damit davon."

„Und sind sie?"

„Was, damit davongekommen?"

Ich nickte.

„Weitgehend. Sie haben behauptet, sie hätten nur einmal im echten Leben einen Drachen sehen wollen und nicht versucht, den Schatz von Eastwind zu stehlen. Und unser überaus geschätzter Sheriff muss ihnen diesen Unsinn tatsächlich abgekauft haben. Sie haben eine Nacht im Gefängnis verbracht und gemeinnützige Arbeit aufgebrummt bekommen und wurden wieder freigelassen."

„Ich wette, das hat dich wütend gemacht", sagte ich.

„Falls du dich fragst, ob ich wütend genug war, um Dmitri zu ermorden – nein. Außerdem habe ich für diese Nacht ein Alibi. Ich war im Sheehan's, zu der Zeit, als er gestorben ist. Ich kann es also nicht gewesen sein."

„Du könntest jemanden angeheuert haben."

Er schmunzelte und verschränkte die Hände hinter dem Kopf. „Durchaus. Die Dunkelheit weiß, dass ich es mir leisten könnte. Aber ich hätte ihn jederzeit über die Jahre töten lassen können, nachdem er diese Nummer mit O'Leary abgezogen hat. Warum sollte ich bis jetzt warten? Das ergibt keinen Sinn."

„Ergibt keinen Sinn – und genau deshalb hättest du so lange gewartet."

Der Graf verdrehte die Augen. „Ich habe vielleicht unendlich viel Zeit, aber selbst ich bin nicht *so* geduldig, wenn es um eine kleine Rache geht. Nein, für mich war die Sache erledigt, als sie zu gemeinnütziger Arbeit verdonnert worden sind."

„Das klingt so gar nicht nach dir."

„Das liegt daran, dass du nicht weißt, was diese gemeinnützige Arbeit war." Sein Mundwinkel zuckte vor unterdrücktem Vergnügen. „Die beiden Narren mussten die Hinterlassenschaften meines Drachen wegschaufeln … während ich sie beaufsichtigt habe. Sagen wir einfach, ein paar Dinge, die ich ihr in dieser Woche gefüttert habe, sind ihr nicht besonders gut bekommen."

„Sag lieber nichts mehr", sagte ich schnell. „Bitte."

Der Graf zuckte nur mit einer Schulter, wechselte dann aber das Thema. „Es würde mich übrigens nicht überraschen, wenn O'Leary was mit Flints Tod zu tun hätte. Vorausgesetzt natürlich, dass es überhaupt ein Verbrechen war."

„Ich habe schon mit O'Leary gesprochen. Er hat nichts erwähnt, was besonders hilfreich klang."

„Ich wette, er hat auch nichts von der Sache mit dem Drachen erzählt." Er wusste genau, dass er mich damit erwischt hatte, und sein trockenes Lachen klang für mich wie Fingernägel auf einer Tafel. „Hat er nicht, oder? Dabei schien das vorhin für deinen Fall noch ziemlich relevant zu sein. Und trotzdem hat er es nicht erwähnt. Ich wette, Dmitri – falls du mit ihm gesprochen hast – hat es genauso verschwiegen. Was verschweigt der Geist dir sonst noch?"

„Nein, nein", sagte ich. „Den Trick hast du bei mir schonmal versucht, und diesmal funktioniert das nicht."

Er hob eine seiner dolchartigen Augenbrauen. „Welchen Trick habe ich schonmal bei dir versucht?"

„Das weißt du genau. Du streust Andeutungen über jemanden aus und deutest an, dass mehr an der Geschichte dran ist, die derjenige vor mir geheim gehalten hat."

Um fair zu sein – Bloom hatte dasselbe getan, aber sie war mit ihren Andeutungen offener gewesen. Und ich verabscheute sie nicht.

„So ist es doch normalerweise. Habe ich etwa Unrecht?"

„Ja", sagte ich und fühlte mich siegessicher. „Vor ein paar Monaten hast du angedeutet, Donovan könne was zu Eva gesagt haben, das sie dazu gebracht hat, durch das Portal zu springen, weil sie wusste, dass Tanner ihr folgen würde."

Seine steinerne Miene ließ keine Gefühlsregung erkennen. „Und?"

„Es stimmte nicht. Ich habe ihn gefragt, was er gesagt hat, und … er wollte nie, dass das passiert."

„Ich bin sicher, das hat er dir gesagt." Der Graf erhob sich, und ich stand vor der schwierigen Entscheidung, seinem Beispiel zu folgen oder weiter zu ihm aufzublicken.

Ich stand auf.

„Da wir schon beim Thema deiner kleinen Dreiecksbeziehung sind", sagte er, „und ich drücke mich einfach aus, damit jemand, der so intellektuell minderbemittelt ist wie du es auch versteht: Ich hatte kein Interesse daran, Dmitri Flint zu ermorden, doch da gibt es was, das du dir ansehen solltest."

„Ich kann mir kaum vorstellen, dass du irgendetwas hast, das mich interessieren würde, Malavic. Nichts für ungut." Doch, sehr wohl für ungut.

„Schon gut." Ich konnte sehen, dass er ein wenig beleidigt war. „Hier entlang, *Miss Ashcroft*."

Als er zügig auf einen düsteren Flur zuging, blieb ich stehen und versuchte zu entscheiden, was ich tun sollte. Was auch immer er mir zeigen wollte, es war wahrscheinlich nichts Gutes. Aber die Neugier hatte mich gepackt.

Und wie schlimm konnte es schon sein?

Dumme Frage.

Ich folgte ihm aus dem Raum und durch den dunklen, schmalen Steinkorridor. Als er abbog und eine Treppe hinunterging, fragte ich mich, ob ich wirklich verrückt war, dem einzigen Vampir der Stadt in etwas zu folgen, das ganz sicher ein Kerker war.

Ja, Ruby wusste, wo ich war, aber das würde nur dafür

sorgen, dass es Vergeltung gab, falls mir etwas passierte – es würde nicht verhindern, dass mir etwas zustieß.

Nun ja, irgendwann musste jeder sterben.

Ich ließ mir auf der Treppe Zeit, da die Stufen von Alter und Gebrauch glattgeschliffen waren.

Der Graf wartete unten auf mich und sah noch selbstgefälliger aus als sonst. „Alles, worum ich bitte", sagte er, „ist, dass du nicht irrational reagierst, wenn du siehst, was ich dir gleich zeige."

Ich hob das Kinn und sah ihn mit meinem eisigsten Blick an. „Ich verspreche gar nichts."

Er seufzte. „Genau damit habe ich gerechnet."

Der Raum hätte auch eine Sammlung von Folterinstrumenten beherbergen können, ohne fehl am Platz zu wirken, doch stattdessen schien es eher eine Art Arbeitszimmer zu sein, mit steinernen Regalen voller Bücher und zweifellos teuren Rotweinflaschen. Es gab zwei hochlehnige Sessel, ebenfalls mit Samtbezug, diesmal jedoch schwarz statt rot. Der Raum wurde nur von ein paar schwebenden, magischen Kugeln in jeder Ecke beleuchtet, die ein sanftes Licht verbreiteten und schwache, tanzende Schatten über Boden und Wände warfen.

Ein violetter Vorhang schwebte wenige Schritte links von einem der Sessel in der Luft. Malavic stellte sich daneben und wartete, bis er meine volle Aufmerksamkeit hatte.

Dann legte er eine Hand oben auf den Vorhang. „Und das hier ist das, wovon ich dachte, dass du es sehen solltest."

Er riss den Vorhang weg, und in dem Moment, als das Licht meine Augen traf, hatte ich das Gefühl, dass mir mein Herz in die Füße rutschte.

Auf keinen Fall! Das konnte nicht sein.

Kapitel Elf

Der Platz, an dem eben noch der violette Vorhang in der Luft gehangen hatte, war nun ein heller Fleck Sonnenlicht. Ich wartete, bis meine Augen sich daran gewöhnt hatten, und hätte Sebastian Malavic am liebsten mitten ins Gesicht geschlagen, als ich die vertraute Landschaft jenseits der Öffnung des Portals zwischen den Welten sah.

„Wenn das dorthin führt, wohin ich glaube ….“, presste ich zwischen zusammengebissenen Zähnen hervor.

Er warf die Arme in die Höhe. „Natürlich tut es das! Warum sonst hätte ich es dir zeigen sollen?“

Ich wollte ihm mit jeder Sekunde, die verstrich, mehr ins Gesicht schlagen, aber ich stemmte meine Füße auf den kalten Steinboden unter mir, um nichts zu tun, was mein weiteres sterbliches Dasein gefährden könnte. „Wie lange ist es schon offen?“, fragte ich. „Es könnte das natürliche Gleichgewicht zwischen den Reichen aus dem Gleichgewicht bringen und –“

„Dreihundertfünfundzwanzig Jahre.“

Ich starrte ihn an. „Oh!“

„Ich habe es über einen Zeitraum von zehn Jahren sehr

langsam und vorsichtig geöffnet", sagte er. „Und da damals ein Krieg getobt hat, hat sowieso niemand das Ungleichgewicht bemerkt."

„Oder vielleicht hat dein Portal ein Ungleichgewicht verursacht, das zu diesem Krieg beigetragen hat."

Er winkte ab. „Semantik."

„Überhaupt nicht."

Aber es war offensichtlich, dass nichts, was ich sagen konnte, auch nur einen Tropfen Schuldgefühl in seine Adern treiben würde.

Er sagte: „Die Natur hat sich jedenfalls angepasst, und inzwischen ist der Gleichgewichtszustand wiederhergestellt — ohne eine daraus resultierende Katastrophe. Zumindest keine, die sich eindeutig darauf zurückführen ließe."

Ich starrte weiter durch das Portal. Den Schatten auf der anderen Seite nach zu urteilen, war dort gerade Mittag. Diese Anomalie war mir schon beim letzten Portal aufgefallen, durch das ich gestarrt hatte — dass die Tageszeiten nicht ganz übereinstimmten. In der Nacht, in der ich gestorben und nach Eastwind gekommen war, war es auf beiden Seiten Nacht gewesen, aber das schien eher Zufall als die Regel bei Reisen zwischen den Reichen zu sein. „Und es führt zurück nach Texas?"

„Nein. Dieses führt nach Louisiana."

Ich konnte es nicht glauben. „Mein Louisiana?"

Er schnaubte. „Ich glaube kaum, dass du Anspruch darauf erheben kannst."

„Nein, aber du meinst das Louisiana aus meiner alten Welt, richtig? Das ist nicht wieder so eine Wisconsin-Situation?"

„In Begriffen, die du verstehst: Ja, dieses Portal führt zurück in die Welt, in der du geboren wurdest. Und in die Welt, in der Tanner und Eva leben, seit sie Eastwind verlassen haben — sehr sicher übrigens."

„Du … wie … wie lange hast du …?" Ein Dutzend Fragen

gleichzeitig wollten mir über die Lippen kommen, und alle schienen gleich wichtig. Also kam natürlich die unwichtigste heraus. „Bist du zwischen den Reichen hin- und hergereist? Daher kennst du die Popkultur meiner alten Welt?"

Er verschränkte die Hände vor sich und neigte den Kopf. „Sehr gut. Zehn Punkte für Gryffindor."

Ich hätte nie gedacht, dass eine perfekt platzierte Harry-Potter-Anspielung mich so wütend machen könnte. Aber genau das tat sie.

Ich richtete meine Aufmerksamkeit wieder auf das runde Fenster, das nach Louisiana führte.

Tanner war irgendwo da draußen.

Ich könnte hindurchgehen und ihn finden.

Ich könnte einfach loslaufen und nicht zurückblicken.

Hm. Das war vermutlich genau die Art irrationalen Verhaltens, von der der Graf mich gebeten hatte, Abstand zu nehmen. Oder vielleicht hatte er eher das gemeint, was ich als Nächstes tat.

Ich machte einen Schritt nach vorn, näher an das Portal heran, holte aus und schlug Sebastian Malavic so hart ins Gesicht, dass ich ihm mit einem seiner Fangzähne die Lippe aufriss.

Seine Überraschung hielt nur den Bruchteil einer Sekunde an, bevor sie Belustigung Platz machte, woraufhin ich ihn am liebsten gleich nochmal geschlagen hätte – und diesmal noch härter. Stattdessen trat ich dicht an ihn heran, hielt meinen Finger einen Zentimeter vor seine Nase und zischte:

„Du hast gewartet, nicht wahr? Du wolltest mich einfach nur unglücklich sehen, also hast du gewartet, bis ich mich in meinem neuen Leben mit Donovan eingerichtet habe, bis ich endlich angefangen habe, über Tanner hinwegzukommen, und erst dann hast du mir das hier präsentiert. Gib es zu – du hast einfach auf den schlimmstmöglichen Zeitpunkt gewartet."

Meine Hände zitterten, und ich versuchte, sie zur Ruhe zu zwingen, damit er nicht die Genugtuung bekam zu sehen, wie sehr mich das traf.

Er hob kapitulierend die Hände. „Ich gebe es zu. Und warum sollte ich es nicht tun?" Er leckte das dunkle Blut von seinen Lippen. War das sein Blut oder das eines kürzlichen Snacks? „Es ist Jahrhunderte her, dass mir eine schöne Frau so eine Ohrfeige verpasst hat. Ehrlich gesagt würde ich nichts daran ändern."

War es auch Jahrhunderte her, dass ihm eine Frau ihr Knie direkt in die Hoden gerammt hatte? Denn ich hätte ihm gern auch diesen Wunsch erfüllt. Aber das könnte zu weit gehen. Es bestand die Gefahr, dass er wirklich wütend auf mich wurde – und das wäre gefährlich.

Oder er würde es noch mehr genießen als die Ohrfeige. Und das wäre schlimmer.

Also entschied ich mich stattdessen, ihm das Einzige zu verweigern, was er so verzweifelt wollte. Ich konnte nicht ändern, was bereits passiert war, aber ich konnte ihm zumindest nicht noch mehr Genugtuung aus meiner Reaktion verschaffen.

Ich warf einen letzten Blick auf das leuchtende Portal, spürte das Gewicht in meiner Brust, das mich zu ihm hinzog – zu Tanner, wo immer er auch war –, machte dann auf dem Absatz kehrt und verließ ohne ein weiteres Wort das Schloss des Grafen.

Ich schaffte es den ganzen Weg von der schmalen Halbinsel bis zum Rand der Stadt, bevor ich auf einer steinernen Bank zusammenbrach und den Kopf in die Hände sinken ließ.

Es war so lange her, dass ich geweint hatte – nachdem Tanner gegangen war, war ich es schnell leid gewesen und hatte mir geschworen, damit aufzuhören –, dass ich mir kurz Sorgen machte, es würde nichts kommen, dass ich den Druck

in meiner Brust nicht würde lösen können und einfach explo-
dieren würde. Aber nein, da waren sie – die Tränen.

Ich erledige mein Weinen gern auf einmal. Das ist eine effi-
ziente Art, mit Emotionen umzugehen. Aber es bedeutet häss-
liches Schluchzen und eine gewaltige Portion Selbstmitleid,
komprimiert in einer kurzen Zeitspanne. Zum Glück hatte ich
diese Technik perfektioniert; mein Leben hatte nie viel Raum
für lange Weinerlichkeit gelassen.

Und so brach das Selbstmitleid über mich herein wie eine
Lawine.

Was sollte ich tun? Ich hatte dieses neue Leben mit
Donovan angefangen. Ich hatte den schlimmsten Schmerz
darüber, Tanner verloren zu haben, bereits durchgestanden,
und jetzt sollte ich das alles noch einmal durchleben? Ich
wollte diese Entscheidung nicht treffen! Ich wollte nicht
einmal, dass diese Entscheidung existierte!

Andererseits konnte es bedeuten, Tanner zu finden. Wollte
ich das nicht? Die Mitglieder unseres Zirkels durften nicht
nochmal alle im selben Reich sein, das war klar. Die Macht, die
wir besaßen, war zu stark und würde das Gleichgewicht
wieder stören, so wie zuvor, und alle möglichen Schrecken
auslösen.

Aber ich konnte hindurchgehen. Ich konnte Landon hier
bei Grace lassen, und ich konnte gehen. Und Donovan konnte
auch gehen. Er konnte mit mir kommen, Eva finden und sie
zurückbringen. Wenn sie zurückkommen wollte.

Vielleicht würde er dortbleiben, und Tanner würde mit mir
nach Eastwind zurückkehren. Wollte ich überhaupt nach Eastwind zurück? Wollte ich wieder in Texas sein?

Es war alles viel zu verwirrend, und ich hasste es. Aber
wenn ich nicht aufpasste, würde mich diese Verwirrung aus
dem Konzept bringen, und ich würde zu früh aufhören zu
weinen, bevor alles heraus war.

Reiß dich zusammen, Ashcroft! Bist du hier, um dir die Augen auszuheulen oder nicht?!

Das war ich. Also sammelte ich mich und konzentrierte mich wieder auf meine private kleine Mitleidsparty. Es gab Luftschlangen, einen Kuchen, eine Piñata – das volle Programm.

Als ich schließlich keine einzige Träne mehr herauspressen konnte, wischte ich mir die Nase am Ärmel ab, trocknete meine Augen und atmete ein paarmal tief durch.

Ich musste jetzt keine Entscheidung treffen. Malavic hatte gesagt, das Tor sei seit über dreihundert Jahren offen. Es würde sicher auch noch eine Weile offenbleiben.

Langsam kehrte mein Verstand zurück. Süßes Baby-Jackalope, diese neue Entdeckung machte wirklich alles komplizierter. Immerhin hatte der kleine Gefühlsausbruch meinen Drang, Malavic einen Pfahl durchs Herz zu treiben, ein wenig gedämpft. Ein *wenig*.

Gerade als ich von meiner Heulbank aufstand, die Augen immer noch rot – etwas, woran ich ohnehin nicht viel ändern konnte –, tauchte aus heiterem Himmel eine Eule auf. Im wahrsten Sinne des Wortes. Sie stürzte vom Himmel herab, setzte sich auf den Ast eines nahegelegenen Baumes und rief immer wieder, bis ich begriff.

Noch immer schniefend griff ich nach dem Stück Pergament in ihren Krallen und rollte die Nachricht auf. Ich erkannte die krakelige Handschrift von Stu Manchester. Da stand nur: *Nora. Der Pathologe ist fertig. Hier gibt es was, das du sehen solltest. Komm schnell.*

Kapitel Zwölf

Ich sah mein Spiegelbild in den Glastüren des Sheriff's Departments und bemerkte, dass meine Augen immer noch unverkennbar gerötet waren.

Na ja. Wenn Stu fragte, würde ich einfach sagen, ich hätte Drogen genommen. Er würde nicht weiter nachhaken wollen, aus Angst, seine einzige Hilfe in der Stadt verhaften zu müssen.

Jingo nickte mir zu, dass ich reingehen konnte, und schien deutlich besserer Laune zu sein, als er sah, dass Grim nicht bei mir war.

Ich klopfte an Stus Tür, und er öffnete sofort, als hätte er direkt dahinter auf das Geräusch gewartet. „Hier entlang, Nora. Die Gerichtsmedizinerin hat gerade Kaffeepause, also haben wir ein bisschen Zeit für uns, bevor sie zurückkommt, um alles für den magischen Pathologen vorzubereiten."

Ich will ehrlich sein: Ich war kein Fan des Obduktionsraums. Er lag im unterirdischen Teil der Wache, in der Nähe der Beweismittelaufbewahrung. Es gab zwar ein Beobachtungsfenster vom Flur aus, aber wir gingen einfach hinein und direkt zu dem Metalltisch, auf dem der zugedeckte Leichnam lag.

Dmitris Leichnam.

Über uns hing eine grelle Lampe, so hell, dass man gar nicht in ihre Richtung blicken konnte. Aber ich war sicher, dass sie genug Licht lieferte, um jedes noch so kleine Detail des Unglücklichen zu beleuchten, der darunter lag.

Stu trat einen Schritt zur Seite, dann zog er langsam das Laken zurück, und ich bereitete mich auf das Schlimmste vor. Ich wusste noch gerade genug über Obduktionen aus meiner alten Welt, um zu wissen, dass dabei geschnitten und gesägt wurde – und dass ausgefeilte Nähkünste offenbar keine Voraussetzung für den Job waren.

Umso überraschter war ich, als ich sah, dass Dmitri nichts davon über sich hatte ergehen lassen müssen.

Natürlich nicht.

Vielleicht hatte ihn die Gerichtsmedizinerin bisher nur untersucht und noch nicht der magische Pathologe – aber das bedeutete nicht, dass sie nicht selbst Magie besaß, mit der sie einen Blick in den Patienten werfen konnte.

War „Patient" in diesem Stadium überhaupt noch das richtige Wort?

Schien irgendwie nicht zu Totenstarre zu passen.

Es war etwas Verstörendes daran, wie vertraut mir sein Gesicht vorkam. Es war, als würde ich einen alten Freund ansehen – nur, dass ich zum ersten Mal in meinem Leben sein echtes Gesicht sah. Vielleicht war ich ihm in der Stadt schonmal begegnet, vielleicht hatten wir zur selben Zeit im Sheehan's gesessen, aber für mich war er einfach nur ein anonymes Gesicht in der Menge gewesen. Kulisse für irgendein Drama, das gerade in meinem Leben getobt hatte.

Jetzt war er sowas wie ein Freund.

Nein – er *war* ein Freund.

Leider hatte sich diese Freundschaft erst entwickelt, nachdem er gestorben war.

Und der Mann, auf den ich jetzt hinabblickte ... kannte ich ihn überhaupt?

Stu räusperte sich. „Die Gerichtsmedizinerin sagte, es sähe ziemlich eindeutig danach aus, dass Herzversagen die Todesursache war. Ich erspare dir die grausigen Details, aber sagen wir einfach: Die Anzeichen waren alle da.“

„Er hatte eine Herzerkrankung und wusste davon. Das passt also.“

Stu nickte. „Es gab ein paar Verletzungen am Oberkörper, aber die waren alle schon vernarbt, also konnten sie nicht die Ursache sein.“ Er zog das Laken nur so weit zurück, dass Dmitris Oberkörper aufgedeckt war, und ich betrachtete die Narben.

„Der Drache von Malavic hat ihn da erwischt.“

„Das hat Bloom auch gesagt, als ich sie danach gefragt habe.“

„Was ist das?“, fragte ich und zeigte auf die schwarze Tätowierung eines komplizierten Symbols über seinem kranken Herzen.

„Das wollte ich eigentlich dich fragen“, sagte Stu. „Ich dachte, vielleicht kannst du ihn fragen, ob es irgendeine Bedeutung hat.“

Meine Einsicht trat mir praktisch in den Allerwertesten, und um sie zu beruhigen, sah ich mir die Tätowierung noch genauer an. „Ich kenne das Symbol, aber mir fällt nicht ein, woher.“

„Ist er gerade hier? Kannst du ihn fragen?“

„Hm?“ Ich sah vom Körper auf. „Oh, nein. Er ist heute mit Grim in den Deadwoods.“

Ich betrachtete das Symbol erneut, schwarz wie Obsidian auf der hellen Haut seiner Brust. Es bestand aus zahllosen

Kurven und Schleifen, wie ein keltischer Knoten ohne erkennbaren Anfang oder Ende.

Wo hatte ich das schon einmal gesehen?

Bildete ich mir diese Verbindung nur ein?

Oder hatte ich einen solchen Knoten vielleicht in einem früheren Leben gesehen –sei es in Texas oder in Irland?

„Vielleicht ist es einfach nur ein Motiv, das ihm gefallen hat", schlug ich vor.

Stu grunzte. „Leute tätowieren sich nicht einfach nur hübsche Motive."

„In meiner alten Welt schon."

„Klingt dumm und riskant. Male auf dem Körper haben immer eine Bedeutung. Vielleicht gehört er zu irgendeiner Gruppe oder ... ich weiß auch nicht. Aber ich habe das Gefühl, dass es wichtig ist."

Ich nickte. „Ich kann ihn auf jeden Fall danach fragen, wenn ich ihn das nächste Mal sehe." Ich strich mit der Hand über die Stelle und spürte plötzlich einen Ruck durch meinen Arm fahren. Seltsam. „Es ist direkt über seinem Herzen."

„Dem Herzen, das versagt hat."

„Vielleicht war es irgendeine Art Schutz."

„Frag ihn einfach."

„Wenn es eine magische Bedeutung hat, würde der magische Pathologe das nicht wissen?"

„Doch. Aber Brightburn ist die ganze Woche in Avalon und wird sich den Leichnam erst in ein paar Tagen ansehen. Und wenn es nur ein Zeichen für irgendeine Zugehörigkeit ist, weiß er vielleicht gar nichts darüber. Trotzdem glaube ich, dass es für die Mordermittlung wichtig sein könnte."

Mordermittlung?

Ich fuhr herum und sah ihn genauer an. „Du hast doch gesagt, er ist eines natürlichen Todes gestorben! Sein Herz hat einfach aufgehört zu schlagen."

„Ich habe gesagt, Herzstillstand war die Todesursache. Das heißt aber nicht, dass er eines natürlichen Todes gestorben ist."

Ich war nicht überzeugt. Auch wenn ich bei jeder seltsamen Begebenheit in Eastwind grundsätzlich misstrauisch war – Erfahrung hatte mich das gelehrt –, gab es bisher noch keinerlei tatsächliche Beweise, die auf ein Verbrechen hindeuteten. Dafür gab es eine ganze Menge Indizien, die die Geschichte stützten, dass Dmitri ein Herzproblem gehabt hatte und seine Zeit einfach gekommen war.

Plötzlich wurde ich unruhig. Ich hatte alles gesehen, was ich sehen musste, und wollte keine Sekunde länger in der Nähe einer Leiche bleiben.

Und es zeigte nur, wie sehr Stu Manchester mir vertraute, dass er mich überhaupt in denselben Raum mit einem Toten ließ, nachdem ich erst vor ein paar Monaten den Leichnam von Donovans Onkel gekapert hatte. Zugegeben, ich hatte damals einen ziemlich guten Grund gehabt. Trotzdem ist es merkwürdig, zu wissen, dass man nicht mehr ehrlich behaupten kann: „Ich bin noch nie mit einer Leiche bekleidet durch die Stadt gelaufen." Sowas vergessen die Leute normalerweise nicht. Schon gar nicht die Polizei. Aber ich bekam einen Freifahrtschein, weil ich mich inzwischen nützlich genug gemacht hatte. Gaia sei Dank!

„Können wir das in trockene Tücher bringen?", fragte ich und fügte dann widerwillig hinzu: „Kein Wortspiel beabsichtigt."

Stu zog das Laken wieder über Dmitris Gesicht und brachte mich aus dem Raum. Als wir wieder oben waren, hielt er mich zurück, bevor ich nach Hause sprinten konnte.

„Da ist noch was", sagte er.

„Ja?"

„Ich, äh ... du weißt, dass ich nicht besonders gut mit

Emotionen umgehen kann, Nora. Aber ich betrachte dich als Freundin, und als dein Freund ist mir aufgefallen, dass deine Augen ziemlich rot waren, als du angekommen bist."

Ich schluckte den verräterischen Kloß in meinem Hals hinunter und ließ ihn weiterreden.

„Ist alles in Ordnung?"

„Mehr als in Ordnung."

„Du siehst aus, als hättest du geweint."

Drogen, dachte ich. *Erzähl ihm von den Drogen.*

Aber Stu war mein Freund. Ich wollte ihn nicht zusätzlich beunruhigen, indem ich ihn glauben ließ, er müsste irgendeine Intervention organisieren. Außerdem hatte ich keine Ahnung, wie die Drogenszene in diesem Reich überhaupt aussah. Ich war mir nicht einmal sicher, ob es hier sowas gab – und falls ja, was diese Drogen bewirkten.

„Du hast recht. Ich habe geweint."

Er verzog das Gesicht. „Kann ich dir irgendwie helfen?"

„Nur, wenn du Lust hast, zum Widow Lake zu laufen und Graf Malavic einen Pfahl ins Herz zu rammen."

„Ah." Er ließ den Kopf in den Nacken sinken und stellte keine weiteren Fragen. „Na dann. Pass auf dich auf."

Kapitel Dreizehn

Grim sprang von seinem Lieblingsplatz auf der Veranda auf, als ich mich näherte. Es war fast dunkel, deshalb konnte ich zunächst nicht erkennen, ob er es war oder ob sich irgendein Wesen aus dem Mordsumpf verirrt hatte und in die Stadt gewandert war.

„Ruby lässt mich nicht ins Haus!" Am Ton seiner Gedanken konnte ich erkennen, dass er sich darüber schon seit Stunden den Kopf zerbrach.

„Das liegt daran, dass du aussiehst, als hättest du dich den ganzen Tag im Schlamm herumgerollt."

Als er mit dem Schwanz wedelte, flog ein Schlamm-klumpen davon und blieb an der Armlehne der Veranda-schaukel kleben. *„Hab' ich auch. Die Deadwoods haben den besten Schlamm. Jahre von Tod und Verwesung sind darin vermischt. Das weiß jeder."*

Ich blieb in sicherem Abstand stehen und begutachtete den Schaden.

Sein Schwanz sank herab, und er sah mich mit einem herz-zerreißenden Blick an. *„Hilfst du mir?"*

„Ja, ja, schon gut."

Ich öffnete die Haustür und sah Ruby und Dmitri am Tisch im Salon sitzen, wo sie sich angeregt miteinander unterhielten.

„Du bist zurück", sagte Ruby. „Ich hab' mich schon gefragt, ob der Graf es endlich geschafft hat, dich nach allen Regeln der Kunst zu verführen."

Dmitri lachte.

Ich dagegen funkelte sie nur finster an. „Verführen? Nie im Leben! Aber zu ihm kommen wir gleich noch. Kann Grim ins Bad, damit ich ihn saubermachen kann?"

Es brauchte ein bisschen Überredungskunst und das Versprechen meinerseits, dass ich persönlich alle schlammigen Pfotenabdrücke hinterher wegschrubben würde, aber schließlich stimmte Ruby zu. Ich würde gern den ganzen Ruhm für diesen Sieg einstreichen, aber ich bin mir ziemlich sicher, dass auch Dmitris freundliche Präsenz Grim geholfen hat.

Nachdem die Säuberungsaktion abgeschlossen war, gesellte sich Grim zu Clifford vor das kühle blaue Feuer, und Monster rollte sich sofort in seinem warmen Fell zusammen. Eine heiße Tasse Tee wartete bereits auf mich, als ich den schlammigen Lappen entsorgt hatte, mit dem ich die Pfotenabdrücke weggeschrubbt hatte. In solchen Momenten bereute ich am meisten, keine Magie zu besitzen, mit der man solche lästigen Arbeiten mit einem Wink des Zauberstabs verschwinden lassen konnte.

„Also", sagte Dmitri, „du hast heute den Grafen gesehen."

„Ach ja, richtig." Ich zögerte. Welche Schlüsse zog er über den Zeitpunkt des Besuchs? Es gab nur einen Weg, das herauszufinden. „Ich hatte einfach ein bisschen Zeit und dachte mir, warum warten?"

„Du meinst, du hattest mich aus dem Weg, also hast du die Gelegenheit genutzt, Leute über mich auszufragen."

Ich öffnete den Mund, um zu antworten, doch er hob seine

durchsichtige Hand. „Keine Sorge. Ruby hat schon sehr überzeugend erklärt, warum das die richtige Entscheidung war."

„Ah." Ich wandte mich ihr zu. „Danke!"

Sie nickte sanft.

„Also?", drängte Dmitri. „Hast du irgendwas Interessantes erfahren?"

Fänge und Klauen, und ob ich das hatte! Aber das Portal war für meine Ermittlungen nicht relevant, und es ihnen zu erzählen, war wahrscheinlich keine besonders gute Idee ...

Und doch war ich schon mitten in der Geschichte, bevor mein gesunder Menschenverstand mich einholte.

„Er hat sich nicht einmal die Mühe gemacht zu verbergen, dass er sechs Monate gewartet hat, nur um mir diesen Schlag zu versetzen!"

Ruby sagte: „Natürlich hatte er kein Problem damit. Er schämt sich für nichts und ist bei nichts schüchtern. Das ist sein besonderes Talent."

„Ein Talent für ihn, ein Fluch für den Rest von uns." Ich verstummte einen Moment und spürte, wie mir für heute langsam die Energie ausging. „Es ist einfach nicht fair. Wenn er es mir schon am ersten November gezeigt hätte, gäbe es keine Entscheidung zu treffen! Ich wäre schneller hindurchgerannt, als jemand ‚unüberlegt' hätte sagen können. Aber nein. Er wartet genau so lange, bis ich gerade anfange, mein Leben wieder zusammenzusetzen. Ugh! Ich wette, er hat Donovan und mich zusammen beim Scufflepuck-Turnier gesehen, hat bemerkt, wie glücklich wir waren, und beschlossen, dass jetzt der perfekte Zeitpunkt für diesen Unsinn ist – jetzt, wo wir eine solide Grundlage haben."

„Du hast eine solide Grundlage mit Donovan?", fragte Dmitri. „Das ist mir neu."

„Ha-ha", schnaubte ich trocken. „Ich meine, so solide, wie es mit Donovan sein kann."

Ruby fügte hinzu: „War das dasselbe Scufflepuck-Turnier, bei dem Donovan versucht hat, sich mit einem Dschinn zu prügeln? Wo der Graf eingreifen musste, um ein Drama zu verhindern? War das das Turnier, bei dem ihr beide so glücklich zusammen wart?"

Ich kniff die Augen zusammen, sagte aber nichts und nippte nur an meinem Tee.

Aber sie würden mich damit nicht so leicht davonkommen lassen. Dmitri sagte: „Nur aus Neugier – wann hast du das letzte Mal mit ihm gesprochen?"

Ich spürte, dass mein Gesicht heiß wurde, während ich versuchte, mich zu erinnern. Heute war Mittwoch, und wir hatten zuletzt am Sonntag gesprochen, als wir an seinem freien Abend was essen gegangen waren. Ich hatte ihn darüber informiert, dass – ja – der tote Mann an meinem Schlafzimmerfenster aufgetaucht war und – nein – er mich nicht angefasst hatte. Es war ein seltsam angenehmer Abend gewesen, mit erstaunlich wenig Reibung. Und vielleicht gerade deshalb auch mit erstaunlich wenig Leidenschaft. Als ich über meinen Fettuccine Alfredo gegähnt hatte, hatte er gutmütig gelacht und mich nach Hause gebracht. Das war mir ausgesprochen Tanner-artig vorgekommen – fürsorglich, aber nicht klammernd –, und die Tatsache, dass er mich nur geküsst, mir eine gute Nacht gewünscht hatte und gegangen war, ohne zu fragen, ob er noch mit nach oben kommen dürfe, hatte mich ziemlich verblüfft.

Wobei man fairerweise sagen muss, dass das letzte Mal, als ich Donovan nach oben gebeten hatte, in einem Desaster geendet hatte. Monster hatte offenbar das Bedürfnis verspürt, die Ehre ihrer Hexe zu verteidigen, indem sie dafür sorgte, dass Tanners bester Freund und ich keinen Moment Spaß allein in seiner Abwesenheit hatten – jedenfalls nicht, solange sie etwas dagegen tun konnte. Donovan hatte sich in jener Nacht glücklich schätzen können, mit allen Gliedmaßen davongekommen zu sein. Vielleicht erklärte das also einiges.

Jedenfalls bedeutete das, dass seit unserem letzten Gespräch drei Tage vergangen waren. Waren drei Tage ohne Kommunikation zu lang für ein glückliches Paar?

Aber anstatt das zu fragen und Dmitri womöglich die Genugtuung zu verschaffen, recht zu haben, sagte ich: „Was bist du – mein Beziehungstherapeut?"

Er zuckte mit den Schultern. „Vermutlich schon, wenn man bedenkt, dass du gerade fünf Minuten damit verbracht hast, uns dein romantisches Dilemma in allen Details auszumalen."

Ruby hob ihre Teetasse an die Lippen, um ihr Kichern zu verbergen.

„Oh, du bist ja unglaublich witzig", sagte ich und wusste dabei genau, dass er recht hatte.

Plötzlich lenkte ein seltsames Kratzgeräusch meine Aufmerksamkeit ab, und ich drehte mich zur Haustür um, von der es kam.

„Ich habe versucht, es ihr auszureden", sagte Grim. *„Aber sie hört einfach nicht!"*

Es war Monster. Die Munchkin-Katze kratzte an der Haustür, als hätte sie sich schon damit abgefunden, sich hindurchzugraben, wenn niemand sie für sie öffnete. Und so, wie es aussah, würde ihr das auch gelingen.

„Was macht sie da?", fragte Dmitri.

Die Erkenntnis traf mich wie ein Stoß Magie gegen das Brustbein. „Monster ist Tanners Vertraute. Sie ist zurückgeblieben. Sie sind seit Monaten voneinander getrennt."

Dmitri nickte und starrte auf den Tisch. „Sie will zu ihm." Seine Schultern sanken herab. „Meine Maverick ist schon im Sanctuary. Bryant hat sie gestern dorthin gebracht."

Mein Herz zog sich noch mehr zusammen. Ich hatte diese spezielle Tragödie tatsächlich ganz vergessen.

Dmitri war – abgesehen davon, dass er tot war – ein Hexenmeister gewesen. Und das bedeutete, dass er eine Vertraute gehabt hatte. Und als er gestorben war, war sie zurückgeblieben.

Ich dachte verzweifelt nach, auf der Suche nach etwas, das ich sagen konnte, um ihn (und mich selbst) aufzumuntern. „Zoe Clementine kümmert sich großartig um die Tiere. Ich bin sicher, Maverick hat es so gut, wie sie es nur haben kann.“

Er schüttelte den Kopf, wodurch seine Gestalt kurz in Schlieren zerfaserte. „Das klingt nicht nach Mav. Sie ist ein kleiner Teufel. Eigentlich tut mir eher Zoe leid.“

Oh! „Ich kann morgen nach ihr sehen, wenn du möchtest.“

Er hob das Kinn. „Nicht nötig. Ich war schon ein paarmal dort. Es geht ihr gut. Sie wusste, dass dieser Tag kommen würde – genau wie ich. Sie hat mir versprochen, jedem, der sie als Nächstes bekommt, das Leben zur Hölle zu machen. Mehr kann ich nicht verlangen.“

Himmel, die arme Zoe!

Ruby sagte: „Jemand sollte diese Katze davon abhalten, sich nach draußen zu graben.“ Dabei sah sie mich direkt an.

„Pff! Auf keinen Fall. Hast du dir mal ihre Krallen angesehen? Ich habe das Gefühl, sie wartet ihr ganzes Leben schon auf die Gelegenheit, irgendein großes Tier zu töten, und ich werde mich bestimmt nicht für diesen Zweck opfern.“ Ich wandte mich Grim zu. „Du schuldest mir noch was für dieses Bad. Kümmere dich um deine Freundin.“

Zu meiner Überraschung widersprach er nicht. Stattdessen schlurfte er durch den Raum, packte sie mit den Zähnen am Nackenfell und hob sie hoch. Sie fauchte und versuchte, nach ihm zu schlagen, aber ihre kurzen Munchkin-Beine konnten ihn aus diesem Winkel nicht erreichen, und bald gab sie auf und hing schlaff aus seinem Maul.

„Ich glaube, es ist Zeit, schlafen zu gehen", sagte Grim, bevor er mit ihr im Maul die Treppe hinaufmarschierte.

Als sie außer Sicht waren, sagte Dmitri: „Hast du es Donovan schon davon erzählt?"

Ruby zog eine Augenbraue hoch, als würde diese Seifenoper gerade erst richtig spannend werden.

„Nein. Hatte noch keine Gelegenheit dazu. Aber ich glaube auch nicht, dass ich es ihm erzählen werde."

„Wirklich nicht?", fragte er.

„Warum sollte ich? Das würde ihn nur verunsichern."

„Oder", sagte er, „vielleicht würde er gern wissen, dass er seinen besten Freund und seine frühere Freundin suchen könnte."

Noch schlimmer!

„Ich bezweifle, dass das sein erster Gedanke wäre", erwiderte ich. „Er ist kein Held wie Tanner, und das meine ich nicht abwertend. Tanners Heldentaten haben dieses ganze Chaos überhaupt erst ausgelöst."

„Heldentaten tun das meistens", sagte Ruby und trank einen Schluck Tee.

„So oder so", fügte Dmitri hinzu, „glaubst du, du hast das Recht, ihm das zu verheimlichen? Solltest du ihm nicht die Wahrheit sagen und ihn selbst entscheiden lassen, was er damit macht? Er muss die besten Entscheidungen für sich selbst treffen."

Ich wusste, dass er recht hatte. Aber ich wusste auch, dass es für niemanden gut ausgehen würde, wenn ich Donovan davon erzählte, dass es ein Portal gab, das mich zurück zu Tanner führen könnte. Ich wünschte jetzt schon, ich könnte es einfach vergessen.

Vor allem, weil ich gar nicht vorhatte, hindurchzugehen. Mein Portalhüpfen hatte in Eastwind schon genug Probleme verursacht. Ich musste das Gleichgewicht nicht noch weiter durcheinanderbringen.

Und war auch nicht gerade hilfreich, dass ich mich beim letzten Mal in einer ähnlichen Situation befunden hatte, als ich Tanner die Wahrheit darüber gesagt hatte, was zwischen Donovan und mir passiert war. Kurz darauf hatte er mit mir Schluss gemacht. Klar, wir waren später wieder zusammengekommen, also könnte man sagen, dass am Ende alles gut ausgegangen ist ... je nachdem, wo man dieses Ende ansetzt. Wenn man den Marker ein kleines Stück weiter nach hinten schiebt – über den Moment hinaus, in dem Tanner Eva gefolgt ist –, dann ist zwischen uns nicht mehr viel gut ausgegangen.

„Du hast recht", sagte ich schließlich. „Aber ich sage es jetzt schon: Es wird alles kaputtmachen. Es geht nur noch darum zu entscheiden, wann ich bereit bin, meine Beziehung mit Donovan im Namen der Wahrheit zu zerstören." Ich seufzte und schüttelte den Kopf. „Fänge und Klauen, ich hasse Ehrlichkeit."

„Falls es dich tröstet", sagte Ruby, „die meisten Leute tun das. Lügen ist im Allgemeinen eine deutlich angenehmere Erfahrung."

Das einzige Geräusch im Raum war nun Cliffords leises Schnarchen.

Erst da fiel mir ein, dass ich noch andere wichtige Dinge zu erledigen hatte. Dinge, bei denen es nicht nur um mich ging.

Ich wandte mich wieder Dmitri zu. „Ich habe heute deinen Leichnam gesehen."

Falls ihn das störte, ließ er es sich nicht anmerken. „Ich hoffe, sie haben meine Blöße nicht der ganzen Welt gezeigt. Aber falls doch – bitteschön."

Ich verdrehte die Augen. „Sei kein Widerling."

„Du bist diejenige, die meinen toten Körper angeglotzt hat."

„Okay, in dem Punkt hast du recht." Ich ging die wichtigen Fakten im Kopf durch, aber mein Verstand arbeitete langsam. Schließlich sagte ich: „Ich wollte dich wegen dieser Tätowierung auf deiner Brust fragen."

„Ah ja." Seine durchscheinende Gestalt wurde immer schwerer zu erkennen, obwohl es im Salon nach wie vor dämmrig war. Bald würde er eine Weile verschwinden müssen, um seine Energie wieder aufzuladen. „Das war eine dieser weniger klugen Entscheidungen aus meiner Jugend."

„Hatte O'Leary was damit zu tun?"

„Nein. Soweit ich weiß, wusste er nichts davon. Wir standen uns zwar nahe, aber wir haben uns nicht voreinander ausgezogen."

„Und beim Schwimmen? Vielleicht hattest du dein Hemd aus, und er war dabei?"

Er presste die Lippen aufeinander und sagte dann: „Nein. Die Freizeitaktivitäten, die wir mit Freunden gemacht haben, waren andere. Wenn wir uns getroffen haben, steckten wir immer vollständig angezogen bis zum Hals in irgendeinem Unfug. Und nachdem ich wieder auf dem rechten Weg war, haben wir meistens ein Bier getrunken und in Erinnerungen an die alten Zeiten geschwelgt."

„Also, was bedeutet es?"

Er zuckte mit den Schultern, und dabei lösten sich seine Schultern für einen Moment vollständig auf. „Oh, nur ein kleines Zeichen der Liebe aus meiner Jugend." Er lächelte, aber das Lächeln erreichte seine Augen nicht ganz. „Wie gesagt, keine meiner klügsten Entscheidungen."

„Liebe für wen?"

„Meine Jugendliebe. Ich war mir so sicher, dass wir füreinander bestimmt waren. Aber wenn das wirklich der Fall gewesen wäre, hätte es wohl funktioniert, bevor ich gestorben bin, oder?" Er lachte leise.

„Ich nehme an, darin steckt eine gewisse Logik." Ich zögerte. „Ist das der Grund, warum du mir so viele Beziehungsratschläge gibst? Weil es bei dir nicht geklappt hat?"

„Könnte gut sein. Aber ich habe schon vor Jahren aufgehört, ihr nachzutrauern. Ab und zu denke ich noch gern an sie, so wie Erwachsene eben an ihre erste Liebe denken, aber ich habe längst jeden Gedanken an ein Wiedersehen aufgegeben."

Teile seiner Gestalt verschwanden nun in Flecken und tauchten langsam wieder auf.

War das wirklich alles? Was war mit dem Ruck gewesen, den ich gespürt hatte, als ich mit der Hand darübergestrichen hatte? „Ich dachte nur, ich hätte das Symbol schonmal gesehen."

„Das ist gut möglich. Es ist kein ungewöhnliches Symbol, um ein solches Lebensereignis zu markieren."

„Was meinst du – Liebe?"

„Nein. Den Verlust von Liebe."

Bevor ich weitere Fragen stellen konnte, sagte er: „Wir reden morgen weiter. Für heute habe ich nicht mehr viel Energie."

Ruby und ich wünschten ihm gute Nacht, und ich wartete, bis ich sicher war, dass kein Rest von ihm mehr im Raum schwebte. Dann wandte ich mich ihr zu.

„Diese Tätowierung ist bestimmt wichtig."

„Woher weißt du das?"

„Meine Einsicht hat angefangen, mir in den Allerwertesten zu treten, sobald ich es gesehen habe."

Ruby nickte. „Richtige Antwort."

„Aber ich komme einfach nicht darauf, was sie mir sagen will. Die Verbindung ist da, nur gerade weit genug entfernt, dass ich sie nicht erreichen kann." Ich hielt inne. „Du hast erwähnt, dass du manchmal meditierst, um deine Einsicht direkter anzusprechen."

„Ja, das ist eine der Fähigkeiten in meinem Arsenal des Fünften Winds. Möchtest du lernen, wie man das macht?"

„Wenn es mir hilft, herauszufinden, was das Symbol bedeutet."

Ruby stellte ihre Tasse ab und sah mich ernst an. „Willst du mir damit sagen, dass du Dmitri nicht vertraust und glaubst, dass da mehr dahintersteckt?"

„Versteh mich bitte nicht falsch, ich mag ihn. Aber auch gute Menschen können dumme Dinge tun. Also, nein – ich glaube nicht, dass er mir alles erzählt, was ich wissen muss."

„Bei der Göttin, endlich! Dann habe ich in den letzten anderthalb Jahren offenbar doch nicht nur mit der Wand gesprochen." Sie stand auf. „Komm. Du musst es dir bequemer machen, wenn du überhaupt eine Chance haben willst, das zu lernen." Sie führte mich zu ihrem Lesesessel und bedeutete mir, mich zu setzen.

Ich starrte sie an. Seit ich bei ihr wohnte, hatte ich mich nicht ein einziges Mal getraut, in diesem Sessel zu sitzen. Es war so offensichtlich gewesen, dass er nur für sie bestimmt war, dass ich ihn von Anfang an in Gedanken „Rubys Sessel" genannt hatte.

Sie deutete noch einmal darauf, diesmal bestimmter. „Nun komm schon, er ist nicht verflucht." Dann fügte sie hinzu: „... nicht mehr."

Ich gehorchte und stellte fest, dass er bequemer war, als ich erwartet hatte. Die ausgesessene Kuhle war unmöglich zu übersehen und viel zu groß, als dass mein Hinterteil sie hätte ausfüllen können, aber irgendwie machte genau das den Sitz erstaunlich ergonomisch.

Sie legte ihre weiche Decke über meine Beine, und sofort verstand ich den Reiz. Für einen lächerlichen Moment konnte ich mich selbst genau hier sitzen sehen – dreißig Jahre in der Zukunft. Ruby wäre dann vielleicht nicht mehr da, und ich würde ihren Platz übernehmen. Vielleicht würde auch bei mir ein junger, ungestümer Fünfter Wind wohnen, den ich ausbildete. Und kein Mann in meinem Leben – weder Tanner noch Donovan noch sonst jemand.

Das Bild war überraschend angenehm.

„Jetzt hör gut zu", sagte Ruby. „Das ist nicht leicht, aber es ist wichtig, dass du es lernst. Und für jemanden mit deiner Ungeduld wird es vermutlich nicht von allein passieren."

Ich nahm die Sticheleien mit so viel Würde hin, wie ich aufbringen konnte (es half, dass ich so gemütlich saß), und dann begann das eigentliche Training.

Kapitel Vierzehn

Den nächsten Morgen verbrachte ich damit, den ungewöhnlich lebhaften Donnerstagmorgenansturm im Medium Rare zu bewältigen und nach freien Momenten zu suchen, um die Meditationstechniken zu üben, die Ruby mir am Abend zuvor so gut sie konnte beigebracht hatte.

Sie hatte allerdings recht gehabt – ich war vermutlich ein hoffnungsloser Fall. Entspannung war einfach noch nie mein Ding gewesen, und offenbar war genau das eine wichtige Voraussetzung dafür, seinen Geist zu öffnen. Wer hätte das gedacht?

Ich muss wohl nicht sagen, dass es mir nicht gelang, meine Einsicht anzuzapfen und das Geheimnis von Dmitris Tätowierung zu entschlüsseln. Aber je mehr ich im Tageslicht darüber nachdachte, desto mehr begann ich zu glauben, dass es entweder ein Symbol war, das ich irgendwo zufällig schon einmal gesehen hatte, oder dass es einfach einem keltischen Knoten so sehr ähnelte, dass mein Verstand mir einen Streich spielte.

Meine Konzentration wurde außerdem nicht gerade besser

dadurch, dass Grim und Dmitri mir in jedem freien Moment zwischen dem Aufnehmen von Bestellungen und dem Servieren von Essen einen Kühlschrank über ihren Ausflug in die Deadwoods am Tag zuvor ans Ohr quatschten.

Meistens erwischten sie mich, wenn ich hinter den Tresen ging, um eine frische Kanne Kaffee aufzusetzen.

„Ich habe einen gesehen, Nora!", verkündete Dmitri bei einem solchen Gang. „Ich kann es selbst kaum glauben, aber ich habe einen Hidebehind gesehen!"

Ohne meine Lippen zu sehr zu bewegen, sagte ich: „Ich dachte, dass man sie nie sieht, weil sie sich immer *hinter irgendwas verstecken*, sobald man hinsieht – wie der Name schon sagt."

„Ja, klar, aber offenbar können sie Geister nicht wahrnehmen."

Das war nicht völlig unmöglich, aber ich blieb skeptisch. Das klang sehr nach Seemannsgarn. „Und wie hat er ausgesehen?"

Er legte seine geisterhafte Hand ans Kinn, um sich zu erinnern. „Lang, schlank, pelzig ..."

„Bist du sicher, dass es kein Otter war?"

Seine Lippen wurden zu einer dünnen Linie, und er kniff die Augen zusammen. „Du glaubst mir nicht. Aber ich schwöre es bei meinem Leben!"

„Dann verstehst du sicher, dass mich das nicht sonderlich überzeugt."

„Oh! Stimmt." Er schüttelte den Kopf, als wollte er ihn freibekommen. „All diese Redewendungen ergeben keinen Sinn mehr, wenn man tot ist. Aber eines kann ich sagen: Ich habe mich noch nie so lebendig gefühlt!"

Ich lachte. „Wahrscheinlich, weil du da draußen nicht wirklich in Gefahr warst."

Er zuckte mit den Schultern, genau in dem Moment, als Grim sich von seinem Platz unter der Theke zu Wort meldete.

„Stimmt überhaupt nicht. Er wäre dreimal fast von einem Seelenschlucker angegriffen worden und hat es nicht einmal bemerkt."

„Was ist ein Seelenschlucker?"

Grim hob den schweren Kopf, und seine Ohren stellten sich vor Begeisterung auf.

„Genau das, wonach es klingt! Ein Wesen, das Seelen verschluckt."

Ich spülte die leere Kaffeekanne aus und stellte sie zurück auf die Heizplatte. *„Das klingt ziemlich katastrophal."*

„Wäre es auch gewesen, wenn er nicht mit mir unterwegs gewesen wäre. Ich habe ihn gerettet."

Ich schaltete eine der Kaffeemaschinen ein und schüttete das alte Kaffeepulver aus der zweiten. *„Ach ja? Und wie hast du das angestellt?"*

„Wissen, Nora. Ich kannte zufällig die eine Sache, die Seelenschlucker vertreibt."

„Und das wäre?"

„Höllenhundurin."

„Grim, der vertreibt Alles und Jeden."

Die Geschichten gingen so weiter, jede ein bisschen weniger glaubwürdig als die vorherige, und obwohl ich sie durchaus unterhaltsam fand, ließen sie mir bis weit in den Nachmittag hinein keinen einzigen ruhigen Moment.

Jane kam zu ihrer Schicht, gerade, als ich meine Abrechnung über die bisherigen Einnahmen des Tages abschloss. Eine halbe Stunde zu früh klopfte sie leise an die Tür des Managerbüros und trat dann ein.

Das Geräusch riss mich aus meinem Zahlennebel. „Oh hey, kommst du was essen?"

„Ja. Soll ich gleich bei Anton was für dich mitbestellen?"

Normalerweise wäre meine Antwort „Höllenhund, ja" gewesen und „wie immer", nämlich ein Sunrise Burger mit dem Ei obendrauf, gebraten mit flüssigem Eigelb, ein bisschen geschmolzenem Queso anstatt Scheibenkäse und dazu eine Portion Trüffel-Pommes. Wenn ich nicht jedes Mal acht bis zehn Stunden auf den Beinen wäre, bevor ich mir eine dieser üppigen Mahlzeiten gönnte, würde ich auf keinen Fall mehr in die Klamotten passen, die ich gekauft hatte, als ich in die Stadt gekommen war.

„Heute nicht", sagte ich. „Ich hab' schon was vor."

„Ein Date?"

„Ja." Ich schrieb die Summe unten auf das Blatt und stand dann auf, um meine Tasche von der Stuhllehne zu nehmen. „Stört es dich, wenn ich etwas früher gehe?"

„Nicht, wenn es dich nicht stört, dass ich mein Essen in Ruhe esse und die Kids eine Weile allein im Gastraum arbeiten lasse."

„Kein Ding."

„Wohin geht ihr? Irgendein schicker Laden?"

Ich verzog das Gesicht. Ich wusste schon, was sie sagen würde, aber ich erzählte es ihr trotzdem. „Franco's Pizza."

Sie stöhnte und lehnte sich mit der Schulter an den Türrahmen, die Arme vor der Brust verschränkt. „Er nimmt dich mit zu seiner Arbeit?"

„Er sagt, es macht ihm nichts aus, dort zu sein."

„Schon, aber es ist nicht gerade romantisch, seine Freundin mit an den Arbeitsplatz zu schleppen. Kann er dich nicht wenigstens ins Stews and Brews ausführen?"

„Nein", sagte ich, „weil Tanner und ich immer dorthin gegangen sind."

Sie warf die Arme in die Luft. „Ihr zwei seid überall hingegangen!" Dann senkte sie die Stimme und sah mich ernst an. „Nora, ich werde dir nicht vorschreiben, wie du trauern sollst, aber es liegt in deinem eigenen Interesse, neue Erinnerungen zu schaffen, anstatt immer nur die alten zu wiederholen. Nachdem Bruce gestorben war … nun ja, ich hatte, wie du weißt, ziemlich gemischte Gefühle. Und mein erster Impuls war genau derselbe wie deiner. Aber wenn ich dem gefolgt wäre, hätte ich nie wieder hier arbeiten können, und Ansel und ich könnten auch nur noch bei Franco's Pizza essen gehen."

„Die haben großartige Lasagne", protestierte ich schwach.

„Schon. Aber die Hölle ist, dein Lieblingsessen immer wieder essen zu müssen, bis du nur noch schreien willst, wenn du es riechst."

Über die Hölle wusste ich nicht besonders viel, also widersprach ich nicht.

Jane trat näher und legte mir sanft eine Hand auf den Arm. „Tanner ist weg, Nora. Niemand vermisst ihn so sehr wie du, aber wir alle vermissen ihn . Ich kenne ihn schon lange, und ich mag ihn. Aber Leute verlassen uns. Und selbst wenn man mit manchen von ihnen noch eine Weile sprechen kann, nachdem sie gegangen sind – irgendwann gehen alle und kommen nicht mehr zurück. Leute zu verlieren gehört einfach zum Leben."

„Du verstehst das nicht", sagte ich.

„Doch, das tue ich. Du hältst einen Platz für ihn frei. Das passiert ständig. Vielleicht setzt sich niemand auf den Stuhl am Esstisch, auf dem derjenige immer gesessen hat, oder ein Ehemann schläft weiter auf derselben Seite des Betts wie früher, obwohl jetzt in der Mitte mehr als genug Platz wäre. Aber solange du diesen Platz freihältst, schaffst du keinen Raum für etwas Neues."

Ich verstand nur allzu gut, was sie meinte. Nachdem meine Eltern ermordet worden waren, war ich nur ein einziges Mal in unser Haus zurückgekehrt, um meine Sachen zu holen. Ich hatte die Lieblingsdiamantohrringe meiner Mutter mitnehmen wollen – nicht, wegen ihres Werts, sondern weil sie mir etwas bedeuteten –, aber ich konnte mich nicht dazu durchringen, sie aus der kleinen Schmuckschale neben ihrem Waschbecken zu nehmen. Was, wenn sie nach Hause kam und sie nicht finden konnte? Sie mussten genau dort bleiben, alles musste bleiben, wo es war, damit meine Eltern genau dort weitermachen konnten, wo sie aufgehört hatten. Damit mein Leben genau dort weitergehen konnte, wo es aufgehört hatte.

„Ich verstehe, was du meinst", sagte ich zu ihr, „und ich widerspreche dir auch nicht. Aber wie ich schon gesagt habe: Du verstehst es trotzdem nicht. Tanner ist nicht für immer weg." Ich zögerte, bevor ich den Rest aussprach. Aber wenn ich es einem fremden Geist erzählen konnte, dann konnte ich auch den Mut aufbringen, es meiner besten Freundin zu sagen. „Es gibt noch ein Portal in meine alte Welt. Graf Malavic hat es mir gestern gezeigt."

Ihre Hand fiel von meinem Arm, und sie starrte mich mit offenem Mund an. „Mutter Mond!", hauchte sie. „Das ändert alles, oder?"

„Ja."

Sie verzog die Nase und fragte dann: „Was wirst du tun?"

Ich wollte bei meiner Haltung bleiben und sagen, dass ich definitiv in Eastwind bleiben würde und dass diese neue Entwicklung nichts änderte.

Doch stattdessen sagte ich die Wahrheit.

„Ich weiß es nicht."

Sie nickte langsam. „Ja, ich wüsste auch nicht, was ich tun würde. Ich glaube, du musst eine unmögliche Entscheidung treffen."

Ich seufzte und setzte mich wieder, und sie zog sich einen Stuhl von der Wand herüber und setzte sich mir gegenüber.

„Was denkst du, sollte ich tun?"

Sie hob sofort beide Hände. „Oh nein. Nein, nein, nein. Ich sage dir ganz bestimmt nicht, was ich denke, denn wenn du es tust und dir dann alles um die Ohren fliegt, kannst du mir die Schuld geben." Dann fügte sie hinzu: „Aber ich sage dir eins: Wenn du dich entscheidest, Tanner und Eva zu suchen, komme ich mit."

Ich riss die Augen auf. Damit hatte ich überhaupt nicht gerechnet. Obwohl – vielleicht hätte ich es doch erwarten sollen. „Mitkommen? Du meinst durch das Portal?"

„Ja. Vor Portalen habe ich keine Angst. Und deine Welt klingt ziemlich harmlos. Denk dran, ich war schon in Wisconsin und hab's überlebt. Ich glaube, ich komme auch mit ... wie hießen nochmal diese Dinger, von denen du erzählt hast, dass sie Löcher in Menschen machen?"

„Gewehre?"

„Genau. Ich glaube, mit Gewehren komme ich klar. Klingt sicherer als die Zauberstäbe, mit denen diese verrückten Hexen hier herumwedeln."

Janes Angebot reichte fast, um mich zu überzeugen, das Medium Rare für den Abend zu schließen und sofort nach Louisiana aufzubrechen. Sie war buchstäblich die gefährlichste Frau (ihre Worte, nicht meine), die ich kannte. Unsere verlorenen Freunde aufzuspüren, schien praktisch schon erledigt, wenn Jane an meiner Seite war.

Aber damit blieb immer noch das Problem, Tanner wieder in meinem Leben zu haben.

„Ich sage dir Bescheid, falls ich mich entscheide zu gehen", sagte ich, „aber verlass dich nicht zu sehr darauf. Wahrscheinlich wäre es besser, herauszufinden, wie man das Ding schließt, und einfach mein Leben weiterzuleben."

Sie klopfte mir aufs Knie und stand auf. „Mein Angebot steht."

Ich erhob mich ebenfalls. „Und was ist mit Ansel?"

Sie zog eine Augenbraue hoch. „Was soll mit ihm sein?"

„Wäre er damit einverstanden, dass du gehst?"

„Das würden wir vermutlich herausfinden, sobald ich zurück bin." Sie zuckte mit den Schultern. „Wahrscheinlich freut er sich sogar über ein bisschen Zeit allein mit Darius."

Ich folgte ihr in den Flur, und bevor sie in die Küche ging und ich hinten hinaus, sagte sie: „Ich glaube nicht, dass es für dein Problem eine richtige Antwort gibt. Aber vielleicht bedeutet das auch, dass es keine falsche Antwort gibt."

Auch, wenn ich den Gedanken dahinter zu schätzen wusste, sagte ich: „Falls es eine falsche Antwort gibt, kannst du darauf wetten, dass ich sie wähle."

Sie lachte. „Niemand hat je behauptet, du wärst nicht zuverlässig."

Kapitel Fünfzehn

Donovan und ich hatten einen Tisch an der Wand ganz hinten im Franco's ergattert, etwa auf halber Strecke zwischen der Bar und den Fenstern zur Straße. Wir hielten über den Tisch hinweg Händchen, während er mein Glas Rotwein aus der Flasche nachfüllte.

Wie konnte sich ein Moment gleichzeitig so perfekt und so furchteinflößend anfühlen?

„Und Trinity hat es dir nicht übelgenommen, dass du ihn rausgeworfen hast?", fragte ich, nachdem er die Geschichte erzählt hatte.

Er grinste. „Überhaupt nicht. Ein kurzer Schwung mit dem Zauberstab, und er war draußen. Trinity hat mir sogar einen Silberling dafür zugesteckt. Lass dich von der Fee nicht täuschen – sie wirkt zwar süß, aber es gibt einen Grund, warum sie Managerin geworden ist, nachdem Jane gegangen ist. Sie ist genauso furchteinflößend wie eine Werwolf-Bitch."

„Unmöglich", sagte ich. „Niemand ist so furchteinflößend wie Jane, egal wie sehr er oder sie sich bemüht."

Ein kalter Schauer lief mir über den Rücken – und der hatte

nichts damit zu tun, dass Donovan mit dem Daumen über meine Handfläche strich. Ich warf einen schnellen Blick zur Seite und fand – ja – da war Dmitri.

„Kannst du das bitte lassen?", sagte ich zu dem Geist.

Donovan sah sich um, um herauszufinden, mit wem ich sprach, und nickte dann. „Geist?"

„Ja. Tut mir leid. Einen Moment." Ich wandte mich wieder dem Geist zu. „Ich bin auf einem Date."

„Genau. Und es läuft doch gut. Du solltest es ihm jetzt sagen."

„Auf keinen Fall."

„Du hast gesagt, du würdest es tun."

„Bitte, ich ... ich rede später mit dir."

Dmitri verschwand, und als ich mich wieder Donovan zuwandte, wirkte er deutlich weniger gut gelaunt als zuvor. „Noch ein Verehrer?", fragte er.

„Was? Oh ... nein. Ganz bestimmt nicht."

„Würdest du es mir sagen, wenn es so wäre?"

„Natürlich", log ich. „Du wusstest ja auch von Roland."

„Nur weil er plötzlich hinter dem Sheehan's aus dem Nichts aufgetaucht ist."

Da hatte er recht. „Trotzdem. Du wusstest von ihm."

Der Schein des Teelichts auf dem Tisch zwischen uns flackerte über sein Gesicht, während er mich aufmerksam musterte. „Gibt es noch mehr?"

„Noch mehr was?"

„Noch mehr ehemalige Liebhaber aus deinem früheren Leben, die dich aufspüren?"

Ich stöhnte. Wenn ihn das schon verunsicherte, sollte er erst hören, was ich ihm noch sagen musste. „Wenn es welche gibt, weiß ich nichts davon. Warum bist du plötzlich so besorgt darüber?"

Er zuckte mit den Schultern, als wäre es keine große Sache,

aber er hatte aufgehört, über meine Handfläche zu streichen. „Nicht besorgt. Nur neugierig. Immerhin hast du mich lange Zeit nebenherlaufen lassen, während du noch mit Tanner zusammen warst. Woher soll ich wissen, dass du nicht auch jetzt jemanden nebenher hast, während du mit mir zusammen bist?"

Sie ahnen es sicher – ich zog meine Hand sofort aus seiner. „Erstens: Fick dich! Und zweitens: Du warst nicht ,nebenher'. Das klingt ja so, als hätte ich nicht alles in meiner Macht Stehende getan, um dich immer wieder abzuweisen."

„Whoa, hey … Ich wollte dich nicht so aufregen."

„Ach ja? Denn ich kann dieses Spiel auch spielen. Woher weiß ich, dass du nicht gerade wieder versuchst, eine Beziehung eines deiner besten Freunde zu zerstören, um an seine Freundin ranzukommen, während wir zusammen sind – so wie du es damals mit Eva gemacht hast?"

Anstatt zuzugeben, dass ich damit genauso recht hatte, lehnte er sich zurück und verschränkte die Arme. „Das hätte ich für niemanden außer dir getan."

„Hörst du dir eigentlich selbst zu?" Ich nahm die Serviette von meinem Schoß und warf sie auf den Tisch. „Es war Dmitri Flint, der gerade unser Date unterbrochen hat, das bis zu dem Moment großartig gelaufen ist, als du beschlossen hast, mir vorzuwerfen, ich würde dich betrügen – mit was, Geistern? Fänge und Klauen!"

Obwohl offensichtlich war, dass ich kurz davorstand zu gehen, gab Donovan nicht nach. „Dmitri war Single. Und es ist fast eine Woche her, seit er gestorben ist. Warum sollte er noch hier herumspuken, wenn ihn nicht Gefühle für jemanden hier festhalten?" Er hob die Augenbrauen, als hätte er mich gerade schachmatt gesetzt.

„Ich liebe dich, Donovan, aber du bist ein verdammter Idiot." Ich stand auf und steuerte auf den Ausgang zu.

„Du – hey, warte, Nora!“

Ich hörte seine schweren Schritte hinter mir und musste beinahe lachen. Wie viele Frauen hatte Donovan wohl schon verfolgen müssen, nachdem sie wütend aus Franco's Pizza gestürmt waren? Mindestens zwei, von denen ich inzwischen wusste – und das allein in der Zeit, in der ich in Eastwind war.

Ich war nur ein paar Schritte vor der Tür, als mir klar wurde, wie verrückt ich mich gerade benahm. Wie kam es bei uns nur immer wieder dazu? Normalerweise war ich nicht besonders emotional, aber wenn es um Donovan ging, schaffte ich es in einer Sekunde von null auf hundert.

Das musste nicht so enden. Dieser Abend war noch zu retten, wenn ich mich entschuldigte und mir Mühe gab, alles wieder ins Lot zu bringen.

Doch in dem Moment, in dem ich mich umdrehte, stießen wir zusammen. Sein Mund lag im nächsten Augenblick auf meinem. Ich vergrub meine Finger in seinem dunklen Haar und zog ihn an mich. Ich war das Streiten so leid, diese kleinen Dinge, die uns ständig auseinanderzutreiben versuchten. Ich wollte mich nicht mehr darum kümmern. Ich wollte einfach nur, dass wir beide zusammen waren. Ich wollte, dass alles andere auf der Welt uns endlich in Ruhe ließ, damit wir das hier immer haben konnten. Keine Verdächtigungen mehr, keine Geister, keine Erinnerungen an die Vergangenheit.

Er beendete den Kuss, sein Mund nur einen verführerischen Atemzug von meinem entfernt. „Du hast drinnen gesagt, dass du mich liebst. Hast du das ernst gemeint?“

Ich schluckte. Hatte ich das wirklich gesagt?

Ich ließ den Moment in meinem Kopf noch einmal ablaufen. Ja, hatte ich.

Und hatte ich es wirklich *so* gemeint?

„Ich denke schon“, sagte ich. „Wenn nicht, würde ich deinen ganzen Mist sicher nicht ertragen.“

„Bei der Göttin, Nora. Ich liebe –"

Ich legte einen Finger auf seine Lippen, um ihn zu stoppen. „Ich weiß, dass du es tust. Du musst es nicht sagen. Denn wenn du mich nicht lieben würdest, würdest du meinen Mist niemals mitmachen."

Er küsste meinen Finger und nahm dann diese Hand in seine. „Nichts, was du je tust, könnte mich vertreiben. Und der Himmel weiß, du hast es versucht."

Jedes Atom in meinem Körper wollte ihn wieder küssen und ihm dann sagen, er solle mich zu sich nach Hause bringen. Unser Abend würde zweifellos in einem herrlichen Chaos aus warmer Haut und Versprechen enden ...

Aber meine Atome führten hier nicht das Kommando, so sehr alles vielleicht anders – und möglicherweise besser – wäre, wenn sie es täten.

„Es gibt da was, das ich dir sagen muss." Die Worte waren heraus, bevor ich es mir anders überlegen konnte. Meine Einsicht hatte sie mir aufgezwungen, da war ich sicher. Verfluchte Einsicht!

„Alles", sagte er und hielt mich immer noch fest. „Was immer es ist, es ist mir egal. Also einfach raus damit. Je schneller du es sagst, desto schneller können wir zu mir gehen." Er hakte einen Finger in den Ausschnitt meines Shirts und zog ihn ein Stück zur Seite, sodass mehr von meiner Schulter sichtbar wurde. „Du hast viel zu viele Klamotten an."

Whoa, okay. Ich brauchte ein bisschen Abstand, wenn ich diese Worte wirklich herausbringen wollte. Ich trat einen Schritt zurück und spürte, wie mein Gesicht vor Hitze brannte – und das lag nicht an der Sommerluft. „Ich war gestern beim Grafen."

Er neigte den Kopf und kniff die Augen zusammen. „Okay?"

„Ich habe ihn in seinem Schloss besucht, und er hat mir was gezeigt."

Er sah mich weiter an, doch jetzt zogen sich seine dunklen Augenbrauen zusammen. „O-kay ...?"

Spuck's einfach aus!

„Da gibt es ein Portal. Er hat ein privates Portal."

Donovans Stimme klang plötzlich schwach, als er fragte: „Wohin führt es?"

Ich konnte sehen, dass er die Antwort bereits kannte, aber ich sprach sie trotzdem aus.

„In meine alte Welt."

Einen Moment lang blieb sein Gesichtsausdruck unverändert, und ich dachte schon, dass das vielleicht doch keine so große Sache war, wie ich es mir ausgemalt hatte. Er würde wie ein vernünftiger Erwachsener reagieren, ruhig bleiben und sich erst einmal meine Gedanken dazu anhören, bevor er voreilige Schlüsse zog.

Doch dann ließ er sich mitten auf der Straße im Schneidersitz zu Boden sinken, seine Hände fielen schlaff in seinen Schoß. „Einhornäpfel."

Ich hockte mich vor ihn und packte seine Schultern. „Ich habe meine Entscheidung schon getroffen."

Er nickte. „Ja, das musst du mir nicht sagen. Ein Teil von mir wusste wohl, dass es nicht für immer halten konnte."

Ich schüttelte ihn leicht. „Bei der Göttin, du bist so ein Idiot!" Das riss ihn aus seiner Starre. „Ich habe mich entschieden, hierzubleiben. Bei dir."

Er sprang auf und zog mich mit hoch. „Du wirst nicht nach ihm suchen?"

„Nein." Ich zögerte kurz. „Wirst du nach ihr suchen?"

Man musste ihm zugutehalten, dass er wirklich darüber nachzudenken schien, bevor er sagte: „Nein."

„Dann bleiben wir hier." Ich beugte mich vor und küsste ihn, und er erwiderte den Kuss – allerdings nicht ganz so begeistert, wie ich gehofft hatte. Na gut, vielleicht würden wir heute doch nicht zu ihm nach Hause rennen, aber vielleicht konnten wir wenigstens unser Hauptgericht bestellen und einen halbwegs netten Abend haben.

Er trat einen Schritt zurück. „Das wird nicht funktionieren, Nora."

„Was?"

„Wann hast du davon erfahren?"

„Gestern. Ich hatte Zeit, darüber zu schlafen, und meine Entscheidung hat sich nicht geändert."

Er nickte. „Du hast die Entscheidung gestern getroffen. Und du bist heute noch hier, also hast du sie heute wieder getroffen. Vielleicht triffst du morgen wieder dieselbe Entscheidung. Aber was ist mit übermorgen? Solange dieses Portal existiert, musst du diese Entscheidung jeden Tag neu treffen. Und eines Tages wirst du ihn zu sehr vermissen, und dann wirst du dich nicht für mich entscheiden."

„Das weißt du doch gar nicht!"

„Dann vermisse ich vielleicht sie zu sehr und entscheide mich für sie!"

Sein plötzlicher Ausbruch überraschte mich, und ich trat einen Schritt zurück. „Donovan, was willst du damit sagen?"

„Ich weiß es nicht. Ich ... wie viele Tage hintereinander wirst du dich für mich entscheiden? Ein einziger Tag, an dem du dich für ihn entscheidest ... würde mich zerstören, Nora. Mir hat leidgetan, was mit ihm passiert ist, aber ich dachte, vielleicht würdest du mit der Zeit über ihn hinwegkommen." Er schüttelte den Kopf. „Solange dieses Portal offen ist, wirst du nie wirklich loslassen."

„Dann schließen wir es!", sagte ich. „Wir finden heraus, wie man es schließt, und –"

„Und was dann? Sebastian Malavic sagen, dass er uns das erlauben muss? Keine Chance. Er würde niemals tun, worum wir ihn bitten, es sei denn, er glaubt, dass es uns noch mehr Schmerzen bereitet."

Damit hatte er vermutlich recht. „Dann schleichen wir uns in sein Haus. Verdammt nochmal, Donovan! Ich weiß nicht, was ich sonst sagen soll! Ich bleibe hier bei dir. Ich entscheide mich für dich!"

Er kam wieder näher, nahm aber nur eine meiner Hände und küsste meine Handfläche. „Ich weiß. Es ist nur ... viel auf einmal."

Ich erinnerte mich an meine eigene Reaktion, als ich davon erfahren hatte. „Ja."

Er ließ meine Hand los. „Ich glaube, ich brauche ein bisschen Abstand, um eine Nacht darüber zu schlafen."

„Machst du Schluss mit mir?" Die Frage klang so jämmerlich, aber sie war schon aus meinem Mund, bevor ich sie aufhalten konnte.

„Niemals." Er lächelte schwach, fast traurig. „Ich werde niemals mit dir Schluss machen, Nora Ashcroft. Wenn du mich loswerden willst, musst du es schon selbst beenden."

Er strich mir eine Haarsträhne hinter das Ohr und mit dem Daumen über meine Wange, dann drehte er sich um und ging.

Ich sah ihm nach, während seine Worte in meinem Kopf kreisten.

Hinter mir sagte jemand: „Das ist besser gelaufen, als ich gedacht hätte."

Ich seufzte und drehte mich zu Dmitri um. „Ja, besser als ich gedacht hätte ... glaube ich."

„Ein bisschen verwirrend war es schon", gab er zu. „Wahrscheinlich solltest du heute Abend nicht zu viel darüber nachdenken."

„Und was schlägst du stattdessen vor? Alkohol?"

„Nein. Es gibt andere Möglichkeiten der Selbstmedikation. Schlaf ist gut. Pasta ist besser.“

Also nahm ich seinen Rat an und schlurfte zurück zu Franco's Pizza – um einen toten Hexenmeister reicher und einen lebenden ärmer zu machen.

Kapitel Sechzehn

Die Pasta half tatsächlich, und der Wein auch. Vor allem der Wein half mir dabei, mich keinen Deut darum zu scheren, was die Leute davon hielten, dass ich allein an einem Tisch saß, mich hemmungslos vollstopfte und mit jemandem sprach, den außer mir niemand sehen konnte.

„Ich kann dir jetzt schon sagen, dass du es nicht auf sich beruhen lassen wirst", sagte er. „Das wirst du niemals tun. Dieses Portal ist buchstäblich eine offene Tür zurück zu ihm."

„Du has' keine Ahnung", sagte ich und bemerkte selbst, dass ich lallte. Ups! „Okay, vielleicht schon. Vielleicht hast du sogar hundertprozentig recht. Na und?"

Dmitri schwebte in sitzender Position auf dem Stuhl, auf dem Donovan gesessen hatte, bis – na ja, Sie wissen schon. „Ich finde jedenfalls, dass es richtig war, es ihm zu sagen."

„Zeigt nur, wie wenig du weißt. Hast du sein Gesicht gesehen? Ich habe ihm das angetan." Ich kratzte eine Gabelvoll Lasagne-Überreste zusammen und schob sie mir in den Mund, während ich versuchte, darum herum zu sprechen. „Ich habe dafür gesorgt, dass er sich so fühlt."

„Ich habe sein Gesicht gesehen. Und ich war selbst schonmal in seiner Lage. Es tut weh. Aber es ist nötig."

Ich wollte unserem Kellner ein Zeichen geben, weil es schon halb nach Tiramisu-Zeit war (ja, Dessert würde auf jeden Fall passieren), aber ich hielt inne und sagte: „Moment. Was meinst du damit, du warst in seiner Lage?"

„Sasha Fontaine."

Das Tiramisu musste warten. „Warte. Was?"

„Ansels Schwester."

„Ich weiß, wer sie ist. Aber was meinst du mit – ihr zwei hattet was miteinander?"

Er nickte. „Sie war die Eine, die mir durch die Finger geglitten ist."

„Du meinst damals, als ihr noch Kinder wart? Die, der du dieses Tattoo gewidmet hast?"

Er nickte wieder.

„Nein", sagte ich. „Das ist nicht dasselbe."

Er beugte sich so weit nach vorn, dass Teile seiner Brust im Rand der Tischplatte verschwanden. „Es ist *genau* dasselbe." Dann lehnte er sich wieder zurück. „Und mit dem Kinder-Ding habe ich vielleicht ein bisschen übertrieben. Ich war neunzehn, und sie war achtzehn, als es anfing. Darius Pine war zwanzig."

„Darius Pine? Was hat der denn damit zu tun? Nein, warte kurz. Für diese Geschichte brauche ich erst Dessert, und dann kannst du alles auspacken."

Nachdem die Bestellung aufgegeben war, wandte ich mich wieder ihm zu. „Okay, zurück zum Thema. Was hat Darius Pine damit zu tun?"

„Er war die dritte Ecke in unserer Dreiecksbeziehung. Er hat sie mir ausgespannt."

Ich kniff die Augen zusammen. „Jetzt fang nicht damit an. Sie hat einen eigenen Kopf. Vielleicht mochte sie ihn einfach lieber."

Er lachte leise. „Erwischt. Vielleicht war es so.“

„Also, welche Rolle hattest du?“

„Wie meinst du das?“

Ich bedankte mich bei unserer Kellnerin, als sie meinen Stimmungsaufheller brachte, und zögerte keine Sekunde, mich darauf zu stürzen, nachdem ich mich bedankt hatte. „Ich meine, offensichtlich bin ich in diesem Szenario Sasha. Also bist du Donovan oder Tanner?“

„Donovan – weitgehend.“

„Du willst mir also sagen, dass Sasha mit Darius zusammen war und ihr beide dann ein Verbindungsritual durchgeführt habt, das eine latente Anziehung ausgelöst hat, woraufhin ihr heimlich hinter dem Rücken ihres Freundes weitergemacht habt, bis sie dich komplett fallengelassen hat, und dann ist Darius wie ein Idiot durch ein Portal gerannt, sodass ihr beide endlich zusammen sein konntet, aber sie hat herausgefunden, dass es noch ein anderes Portal gibt und –“

„Ganz so direkt sind die Parallelen nicht. Und ich war zuerst mit ihr zusammen.“

„Oh.“

„Aber ich hatte zu viel Angst, es offiziell zu machen. Ich war schon in sie verliebt, seit wir Kinder waren. Meine Familie hat immer ein Haus am Fluke Mountain gemietet, und sie lebte in einer Hütte die Straße hinunter. Den Mut, sie anzusprechen, hatte ich erst, als wir älter waren. Eigentlich war es Darius, der uns irgendwann beim Lunasa-Festival offiziell miteinander bekannt gemacht hat, und von da an ging alles seinen Gang.

Wir haben den ganzen Tag zusammen verbracht, uns die Titanenspiele und den Kochwettbewerb angesehen und eingekauft. Vielleicht haben wir auch ein bisschen Bier gestohlen. Ich war schon vollkommen verloren, und ich wusste es. Einen ganzen Tag mit Sasha Fontaine zu verbringen war ein wahrgewordener Traum. Dann hat sie mir gesagt, dass sie schon seit unserer Kindheit in mich verknallt gewesen war. Ich hätte ihr dasselbe gesagt, aber sie hat mich hinter einem der Stände geküsst, bevor ich dazu kam. Ich habe ihre Hand gepackt, und wir sind zusammen weggegangen. Eine Zeitlang ging es ziemlich heiß her, aber wir hatten nie ‚das Gespräch‘. Ich nahm an, es sei offensichtlich, dass ich in sie verliebt war. Ich hatte Angst, dass ich sie verschrecken würde, wenn ich es aussprach – dass die Tiefe meiner Gefühle für eine Achtzehnjährige zu viel wäre.

Also waren wir einfach ... Freunde, denke ich. Offiziell jedenfalls.“

Ich hatte mich zu diesem Zeitpunkt schon halb durch mein Tiramisu gearbeitet. „Bei uns nennt man das Freunde mit gewissen Vorzügen.“

„Das beschreibt es gut. Die Vorzüge waren zahlreich.“ Er grinste schief. „Aber dann ging alles den Bach runter. Wir stritten uns öfter als je zuvor, und wegen völlig lächerlicher Dinge. Einmal hatten wir einen richtigen Krach wegen ... ich weiß nicht einmal mehr warum, und ich wusste, dass sie Zeit brauchte, um sich zu beruhigen. Normalerweise kam sie zu mir, wenn sie bereit war, und wir entschuldigten uns beide und versöhnten uns. Aber dieses Mal vergingen drei Tage, und ich hatte noch immer nicht mit ihr gesprochen. Ich machte mir noch keine großen Sorgen, bis ich sie im Fulcrum Park sah. Mit Darius. Sie lagen auf einer Decke in der Sonne, deutlich vertrauter miteinander, als zwei platonische Freunde es wären.

Ich habe sie gestört und sie gefragt, was los ist, was sie mit ihm macht. Sie sagte mir, er sei ihr Freund. Ich wusste nicht, wie lange zwischen ihnen schon etwas lief, aber ich vermutete, länger als drei Tage.

Und das Schlimmste war, dass ich ihr nichts entgegnen konnte. Ich konnte nicht sagen: ‚Aber ich bin doch dein Freund!‘, weil wir nie darüber gesprochen hatten. Ich hatte einfach angenommen, dass sie es wusste, dass es aus der Art, wie wir miteinander umgingen, offensichtlich war. Aber anscheinend hatte meine mangelnde Klarheit bei ihr nur bitteren Groll ausgelöst."

„Sirenengesang", schnaubte ich, „sie hätte es auch selbst ansprechen können. Das musste nicht allein von dir kommen."

„Das stimmt. Aber das entschuldigt mich nicht."

Ich starrte traurig auf meinen inzwischen leeren Dessertteller. „Tut mir leid, dass dir das passiert ist."

„Es wird noch schlimmer", jammerte er. „Sie und Darius hatten reichlich schwierige Phasen, und jedes Mal, wenn das passierte – rate mal, zu wem sie gelaufen kam, um über alles zu sprechen."

„Und hast du das getan? Also, mit ihr über alles gesprochen?"

„Am Anfang, ja." Ein schiefes Grinsen erschien auf seinem Gesicht. „Aber eines Abends stand sie mit tränenüberströmtem Gesicht vor meiner Tür. Sie sagte, sie hätte einen Fehler gemacht, wirklich eine Grenze überschritten, und sie sei sicher, dass er sie nie wieder zurücknehmen würde."

„Welche Grenze hat sie überschritten?"

„Das habe ich nie herausgefunden."

„Sie wollte es dir nicht sagen?"

„Vielleicht hätte sie es getan, wenn ich gefragt hätte. Aber daran habe ich gar nicht gedacht. Alles, woran ich dachte, war: Endlich! Und sie schien dasselbe zu denken. In dieser Nacht haben wir nicht besonders viel geredet."

„Also seid ihr wieder zusammengekommen?"

„Nein." Er hielt inne, starrte in meine Richtung, konzentrierte sich aber offensichtlich auf etwas tausend Meilen entfernt. Geister machten das oft. Sie liebten Nostalgie. „Diese Nacht war unsere letzte zusammen. Sie sagte, es sei ein Fehler gewesen, und warf mir vor, ihre Schwäche ausgenutzt zu haben.“

„Autsch!“ Ich konnte ihren Standpunkt verstehen, auch wenn ich nicht behaupten konnte, dass ich an seiner Stelle anders gehandelt hätte. „Und sie ist wieder mit Darius zusammengekommen?“

„Nein. Sie hatte recht gehabt. Sie hatte eine Grenze überschritten, und sie sind nicht wieder zusammengekommen.“

Ich dachte einen Moment darüber nach. „Also habt ihr beide verloren.“

„Ja.“

Aber sowohl Dmitri als auch Darius waren – soweit ich das beurteilen konnte – gute Männer. Das bedeutete, dass auch Sasha verloren hatte.

Alle drei. War das bei Dreiecksbeziehungen immer so? War ein Verlust für alle Beteiligten unvermeidlich? Sicherlich nicht.

Ich wandte mich wieder meinem Wein zu und schwenkte den letzten Rest im Glas, während meine Gedanken sich in einer ähnlichen Bewegung drehten. Dann sagte ich: „Und du bist sicher, dass Darius dich nicht in Stücke reißen wollen würde?“

„Wenn man bedenkt, dass ich tot bin, würde ich sagen, dieser Zug ist längst abgefahren.“

Ich winkte ab und hoffte, dass er ohne große Mühe auf denselben Gedankengang kam wie ich. „Nein, ich meine vorher. Bevor du gestorben bist.“

„Nein, nein. Wir haben das ein paar Jahre später geklärt. Natürlich erst, nachdem sie Paul Stormstruck geheiratet hatte. Wenn ich ehrlich bin, würde ich sogar sagen, dass diese turbulenten Jahre mit ihr Darius und mich auf eine seltsame Weise zusammengeschweißt haben.“

„Paul Stormstruck ... Ist das der Mann, von dem sie sich gerade hat scheiden lassen?“

„Nun, er hat ihren Nachnamen angenommen, also hieß er eine Zeit lang Paul Fontaine, aber ja. Genau der Werbär.“

Ich überlegte einen Moment. „Glaubst du, Donovan wird mich aufgeben?“

Ohne zu zögern antwortete Dmitri: „Auf keinen Fall. Er ist mutiger als ich es war. Er wird dich niemals gehen lassen, solange er noch einen Atemzug in sich hat. Aber vielleicht respektiert er es, wenn du ihn zu warten bittest.“

„Einmal hat er das getan. So ungefähr. Ich weiß nur nicht, ob er es nochmal tun würde.“

„Wenn du dich für Tanner entscheidest, wird er es tun. Er liebt dich. Klar, er will derjenige sein, der bei dir ist, aber er will auch, dass du glücklich bist. Du musst entscheiden, wer für dich der Richtige ist, nicht für wen du am meisten Mitleid empfindest.“

„Donovan würde Tanner für immer hassen, wenn ich durch dieses Portal ginge.“

„Zweifellos. Und es braucht viel, um Tanner Culpepper zu hassen.“

Ich nickte. Nie waren wahrere Worte gesprochen worden. Selbst Eastwinds größte Griesgrame mochten ihn. Und das nicht ohne Grund. Er hatte immer das Gute in allen gesehen, sogar in denen, denen der Rest der Stadt den Rücken gekehrt hatte, und er behandelte alle mit Respekt.

Gute Göttin, er war ein guter Mann.

Ist. Er ist ein guter Mann.

Er war irgendwo noch am Leben. Und jetzt gab es einen Weg zu ihm. Solange dieser Weg existierte, war er nicht Vergangenheit.

„Warte“, sagte ich, als mein Verstand endlich aufholte. „Kanntest du ihn?“ Ich hatte diese Möglichkeit nie in Betracht gezogen, einfach weil ich Dmitri vor seinem Tod nicht gekannt hatte. Aber Tanner kannte die meisten Leute in der Stadt.

„Nur flüchtig. Er war nie bei den Treffen des Zirkels. Aber seine Eltern kannte ich sehr gut. Sie waren im Zirkel sehr aktiv, und als sie sahen, dass ich in meinen Teenagerjahren in ziemlich finstere Dinge abgerutscht bin, haben sie mir geholfen. Ich verdanke ihnen viel. Sie haben mich unter ihre Fittiche genommen, als meine eigenen Eltern so getan haben, als existierte ich nicht. Und als sie gestorben sind ...“

„Ermordet wurden“, korrigierte ich. „Vom Hohepriester.“

Er riss den Kopf zurück, als hätte ich ihn geschlagen. „Was?“

„Ja. Ich schätze, ich kann es dir sagen, schließlich kannst du es nicht einfach überall weitererzählen. Oh, warte! Erzähl es nur nicht Ted.“

„Werde ich nicht. Warum hat er sie getötet?“

„Lange Geschichte, aber die Kurzfassung ist: Es ist meine Schuld.“

„Du warst damals noch nicht einmal in Eastwind.“

„Wie gesagt, lange Geschichte.“

Ich griff nach der Weinflasche auf dem Tisch, um mir nachzuschenken, hielt dann aber inne und nahm stattdessen mein Wasserglas. Das nennt man erwachsen sein.

„Die Culpeppers waren gute Leute“, fügte Dmitri hinzu. „Und alles, was ich gehört und selbst gesehen habe, deutet darauf hin, dass Tanner genauso ist.“

„Ja“, sagte ich. „Eine ganze Familie guter Leute. Und alle weg.“

„Nicht alle.“ Er hob einen Finger. „Einer ist noch da. Und er weiß nicht einmal, dass es einen Weg nach Hause gibt.“

„Dann kann er auch nicht vermissen, wovon er nichts weiß.“

„Aber du kannst es. Und ich glaube, du tust es, Nora.“

Ich stöhnte. „Natürlich tue ich das! Glaubst du, Gefühle

wie diese verschwinden jemals? Ich habe ihn geliebt. *Liebe ihn.* Aber er hat mich verlassen, und jetzt liebe ich Donovan."

Er neigte den Kopf. „Tust du das?"

„Ja", murmelte ich.

„Ah, ich dachte nur, du hättest es eher beiläufig gesagt und dich dann entschieden, bei der Aussage zu bleiben, damit er nicht davonstürmt."

Ich warf die Hände in die Luft. „Rätsel der Sphinx, Dmitri! Wie viel von unserem Gespräch hast du eigentlich mitgehört?"

„Alles. Was? Es war ein guter Moment. Leidenschaftlich auf die richtige Art und Weise."

„Außer in dem Moment, als er sich umgedreht hat und gegangen ist."

Kapitel Siebzehn

Der Frühstücksansturm am Freitag ging nahtlos in den Mittagsansturm über, der ebenfalls nicht nachließ. Jane kam herein, um mich abzulösen, und fand sich sofort im völligen Chaos wieder, auch wenn ich noch eine Weile länger blieb.

Schließlich hatte ich Gelegenheit, mich ins Büro zurückzuziehen und einige der Verkaufszahlen vom Morgen durchzugehen, aber meine ruhige Minute hielt nicht lange an. Die Glocke an der Hintertür klingelte laut und kündigte einen Brief an. Ich ging hinaus und stellte fest, dass die Eule schon wieder verschwunden war und der Brief in der Box unter der Sitzstange auf mich wartete.

Ich rollte ihn auf und las: MagPat um 15:30. Will dich dabeihaben. Stu.

Ich sprang noch einmal kurz ins Büro, um auf die Uhr zu sehen. Es war zwanzig nach drei. „Einhornäpfel!" Während ich meine Sachen zusammensuchte und meine Taschen abtastete, um sicherzugehen, dass ich meine Schlüssel hatte, erschien Dmitri.

„Wohin so eilig?"

„Ich muss zum magischen Pathologen. Sie untersuchen heute deinen Leichnam.“

„Stört es dich, wenn ich mitkomme?“

„Solange du es nicht merkwürdig machst, hast du wohl ein Recht darauf.“

„Soll ich Grim und Monster holen?“

„Du kannst es versuchen, aber ich wette, sie bleiben lieber drinnen – mit der Chance auf Essensreste –, als sich bei der Hitze in die Stadt zu schleppen. Ehrlich gesagt wäre mir das auch lieber.“

Wir kamen mit nur fünf Minuten Verspätung an. Der Schweiß, der mein Shirt am unteren Rücken und – leider – unter meinen Brüsten durchnässte, bewies wenigstens, dass ich so schnell herübergeeilt war, wie ich konnte.

„Sie sind schon unten“, sagte Jingo und lackierte sich an seinem Schreibtisch die Fußnägel in einem kotzgrünen Ton. „Du weißt ja, wie du hinkommst.“

Das wusste ich.

Als ich unten ankam – die kühle Kellerluft eine willkommene Erleichterung –, klopfte ich an die Glasscheibe, und Stu ließ mich ein. „Gerade noch rechtzeitig, Nora. Ich habe mir schon Sorgen gemacht, dass du es nicht schaffen würdest.“

„Warum? Weil du mir nur fünfzehn Minuten Vorlauf gegeben hast?“

Er nickte. „Tut mir leid.“

Dmitri folgte mir hinein, und als er dem Deputy zu nahekam, sagte Stu: „Er ist hier?“

„Ja. Schien mir nur fair.“

Der magische Pathologe Calvin Brightburn war ein kleiner Hexenmeister mit einer großen, dick gerahmten Brille auf einer Stupsnase, die für einen Erwachsenen irgendwie unpassend wirkte. Er trug eine himmelblaue Robe mit dem offiziellen Wappen des Eastwinder Zirkels auf der Vorderseite, was mir zwei Dinge verriet: Erstens war er wahrscheinlich ein Nordwind, und zweitens galt seine Loyalität eher dem Zirkel als dem Sheriff.

Nachdem alles vorbereitet war, nahm der MagPat seinen Zauberstab an beiden Enden, schloss die Augen und hielt ihn knapp über Dmitris Füße, bevor er ihn langsam in Richtung Kopf bewegte. Ich hatte keine Ahnung, wonach er suchte, aber das war in Ordnung, denn ich war nicht der MagPat und musste es daher auch nicht wissen.

Sie hatten den Leichnam mit einem Laken zugedeckt, was eine kleine Gnade war – nicht nur für mich, sondern bestimmt auch für Dmitris Geist. Der Zauberstab glitt über seine Knie, dann über seine Oberschenkel, seine Hüften, den Bauch, das Brustbein –

„Hm", sagte Brightburn, als der Zauberstab Dmitris Brust erreichte. „Deputy Manchester, könnten Sie die Abdeckung etwas zurückziehen? Hier scheint es eine Art Störung zu geben."

Stu zog die Decke gerade so weit zurück, dass die Tätowierung auf Dmitris Brust sichtbar wurde.

„Sehr interessant", sagte der Pathologe und beugte sich darüber. Er stupste sie mit der Spitze seines Zauberstabs an.

„Pass auf, wo du dieses Ding hinsteckst!", schimpfte Dmitri.

Während Brightburn mit seinem Zauberstab in die Luft über Dmitris Herz kleine Achten zeichnete, erklärte Stu Manchester: „Der MedPat ist schon zu dem Schluss gekommen, dass eine Herzerkrankung sein Leben beendet hat. Das steht alles im Bericht."

Der MagPat wirbelte herum und funkelte den Deputy an. „Glauben Sie, ich habe den Bericht nicht gelesen? Natürlich weiß ich, was der MedPat gesagt hat. Aber es gibt einen Grund, warum wir jeden Leichnam von zwei Seiten untersuchen lassen, und das hier ist ein Paradebeispiel dafür, warum dieses System existiert.“

„Wie meinen Sie das?“, fragte ich.

„Ich meine“, sagte Brightburn ungeduldig, „der MedPat konnte Ihnen sagen, dass sein Herz aufgehört hat zu schlagen. Und Sie scheinen zu glauben, dass er eine Herzerkrankung hatte. Aber ich bin hier, um Ihnen zu sagen, dass das Herzversagen tatsächlich durch Magie verursacht wurde.“

„Wie bitte?“, sagte ich.

Er bewegte seine Handfläche über Dmitris Tätowierung hin und her. „Hier ist eine Schnur.“

„Ich sehe nichts“, sagte Stu.

„Natürlich sehen Sie nichts. Es ist keine sichtbare Schnur. Es ist eine magische. Eher eine Art Verbindung, ein Band. Ich kann an der Spannung erkennen, dass sie mit etwas anderem verbunden ist. Aber ich weiß nicht womit.“

„Welche Art von Energie spüren Sie?“, fragte Stu. „Dunkel? Hell?“

„Es ist ein Fluch“, erklärte der magische Pathologe. „Ich kann nicht genau erklären, warum, aber ich habe genug von diesen Dingen gespürt, um es zu erkennen. Flüche halten sich fest, und dieser hier scheint ziemlich alt zu sein.“

„Glauben Sie, dass er mit der Tätowierung zusammenhängt?“, fragte ich.

Der MagPat sah mich an, als hätte Stu mich mangels Intelligenz nicht in diesen Raum lassen sollen. „Natürlich hängt er damit zusammen.“

Also steckte hinter diesem Symbol doch mehr, als Dmitri zugegeben hatte. Ich drehte mich um, um ihn danach zu fragen, aber – nicht, dass ich überrascht gewesen wäre – er war verschwunden.

Sohn einer Banshee! Er musste gewusst haben, dass er

gerade bei einer Lüge erwischt worden war. Nur eine harmlose Tätowierung? Wohl kaum.

Na schön. Er würde schon wieder auftauchen, und wenn es so weit war, würde ich diesen spukenden Lügner an Ort und Stelle festnageln, bis ich ein paar echte Antworten bekam.

Während der magische Pathologe seine Untersuchung fortsetzte, gelegentlich Notizen in seinen Bericht schrieb und den Zauberstab erneut über verschiedene Stellen führte, wandte sich Stu mir zu. „Sieht so aus, als wäre es doch Mord gewesen." Ich musste ihm zugestehen, dass er sich anhörte, als gäbe er sich wirklich Mühe, nicht zu triumphieren. Aber besonders gut gelang ihm das nicht.

„Das weißt du noch gar nicht. Wenn das Symbol was mit dem Fluch zu tun hat – nun, woher willst du wissen, dass er sich nicht selbst tätowiert hat?"

Stus Augenbrauen zogen sich zusammen, und sein Schnurrbart zuckte zur Seite. „Warum fragst du ihn nicht einfach?"

„Er ist verschwunden."

„Das ist verdächtig."

„Und wie."

Stu hakte die Daumen in seinen Dienstgürtel. „Glaubst du, er hat sich selbst verflucht, und das ist der Grund, warum er noch hier ist?"

„Es würde mich sehr überraschen, wenn dem nicht so wäre, nach dem, was wir gerade erfahren haben."

Der Deputy seufzte. Ich wusste, dass er kein großer Fan von Magie war – er besaß selbst keine, abgesehen von seiner Fähigkeit, sich nach Belieben in einen Elch zu verwandeln. Ich war auch kein großer Fan von Magie, also konnte ich ihn verstehen. Er sagte: „Hat er dir jemals erzählt, was diese Tätowierung bedeutet?"

„Er hat mir *etwas* erzählt, aber ich glaube, er hat die Wahrheit ein bisschen … zurechtgebogen. Ich muss nochmal mit ihm sprechen, bevor ich irgendwas bestätige. Aber ich habe eine ziemlich starke Ahnung."

Stu nickte. „Das sind gute Nachrichten. Deine Ahnungen sind normalerweise erstaunlich treffsicher."

Ich nickte dankbar, und wir ließen den magischen Pathologen allein, damit er seine Unterlagen fertigstellen konnte.

Aber was ich Stu nicht sagte, als wir aus dem kühlen Keller wieder hinauf ins Erdgeschoss der Wache gingen, war, dass ich inzwischen mehr als nur eine Ahnung hatte.

Ich hatte eine Theorie.

Und sie hatte mit Dmitri Flint, Sasha Fontaine und Darius Pine zu tun.

Kapitel Achtzehn

Bis Dmitri beschloss, sich nicht mehr zu verstecken und endlich zu reden, konnte ich für die Ermittlungen nicht viel tun – außer es vielleicht nochmal mit Meditieren zu versuchen. Aber ich war so weit davon entfernt, diese Fähigkeit zu beherrschen, dass es lächerlich war.

Und nachdem ich das Sheriff's Department verlassen hatte, gab es eine deutlich dringendere Angelegenheit, um die ich mich kümmern musste.

Seit meinem Gespräch bei Franco's mit Dmitri am Abend zuvor hatten sich alle möglichen Szenarien in meinem Kopf abgespielt. Wusste ich, was ich wegen des Portals tun würde? Nicht wirklich. Ich hatte eine ziemlich klare Meinung dazu, keine Frage, aber ich war noch zu keiner endgültigen Entscheidung gekommen.

Worüber ich mir allerdings sicher war: Ich musste die Sache mit Donovan unbedingt in Ordnung bringen. Ich konnte das nicht so stehen lassen.

Ich war mir nicht sicher, wann seine Schicht bei Franco's begann, aber ich wusste, dass es ungefähr jetzt sein musste.

Sein Haus lag weiter entfernt als Franco's Pizza, also beschloss ich, zuerst dort nachzusehen.

Ich trat ein, und die Platzanweiserin begrüßte mich zunächst wie eine alte Freundin, bevor sie sagte: „Donovan ist schon hinter der Bar, falls du ihn suchst."

Unter normalen Umständen hätte sie das „falls du ihn suchst" wohl weggelassen, aber mein leicht beschwipstes Abendessen mit einem Geist hatte die Situation wohl ein klein wenig komplizierter gemacht.

Ich bedankte mich und ging in den Gastraum. In dem Moment, als meine Augen ihn fanden, setzte mein Herz einen Moment aus. Am liebsten wäre ich noch eine Weile stehen geblieben und hätte ihm einfach zugesehen. Seine Familie rümpfte zwar die Nase über seinen gewählten Beruf, aber Barkeeper zu sein war genau das, was er gern tat – und er war verdammt gut darin. Und das konnten die wenigsten von ihrer Arbeit behaupten.

Er schnippte mit seinem Zauberstab, und Flaschen gossen ihren Inhalt selbst in Gläser unterschiedlicher Größen, die entweder zu den Gästen an der Bar hinüberflitzten oder auf Getränketabletts landeten, die sich die Bedienungen schnappten und sofort weitertrugen.

Und als er mich bemerkte, verharrte alles für einen kurzen Moment in der Luft, und er warf mir diesen scharfen Blick zu, den ich nur allzu gut kannte – denselben, den ich schon bei all den Begegnungen gesehen hatte, bevor wir unser erstes Abenteuer in den Deadwoods erlebt hatten. Aber was bedeutete er jetzt, nachdem so viel passiert war?

Die Gegenstände in der Luft beendeten ihre Bewegungen und landeten mühelos dort, wo sie hingehörten, aber nichts schwebte mehr aus den Regalen. Ein wartender Gast versuchte, ein Getränk zu bestellen, doch Donovan hob einen Finger und bedeutete ihm, einen

Moment zu warten. Dann nickte er mir zu, ihm in die Küche zu folgen.

Ich tat es schweigend, und er sagte kein Wort, bis wir in der schmalen Gasse hinter dem Gebäude standen.

„Donovan, ich weiß, dass du noch wütend bist, aber ich wollte nur sagen—"

Ich kam nicht dazu, den Satz zu beenden, weil sein Körper mich gegen die Wand drückte und er mich mit einem Kuss zum Schweigen brachte.

Wie oft?, fragte ich mich. *Wie oft würden wir noch solche leidenschaftlichen Momente in dunklen Gassen haben?*

Tausendmal würden nicht reichen.

Mit Donovan in dunklen Gassen herumzuknutschen fühlte sich genau nach der Art von Beziehung an, die wir seit dem ersten Tag aufgebaut hatten.

Mein Herz pochte, während er seine Hände über meinen Körper wandern ließ. Meine eigenen Hände wanderten ebenfalls und öffneten die obersten Knöpfe seines Hemds.

„Verdammt nochmal, Nora", hauchte er an mein Ohr, „ich brauche dich so sehr! Mir ist egal, wenn es nur noch einen Tag hält. Ich nehme alles, was du mir gibst."

Ich stöhnte, als seine Zähne meinen Nacken fanden. Ich öffnete einen weiteren Knopf und ließ meine Hände über die glühend heiße Haut seiner Brust gleiten. Und als meine Handfläche seinen Herzschlag berührte, kehrte die Verbindung mit einem Donnerschlag zurück.

Das Bücherregal!

Ich riss meine Hand zurück, als hätte ich mich verbrannt, und er ließ meine Schulter los, gerade lange genug, um mir einen besorgten Blick zuzuwerfen. „Habe ich dir wehgetan? Tut mir leid. Ich bin ein bisschen über das Ziel hinausgeschossen. Ich wollte nur –"

„Nein", versicherte ich ihm. „Mir ist nur gerade was eingefallen."

„Dir ist gerade … was eingefallen?" Seine Brust hob und senkte sich heftig, und ich wusste, dass die Verwirrung, die eine weitere Welle der Leidenschaft zurückhielt, nur sehr dünn war.

„Ja." Ich runzelte die Stirn und schüttelte den Kopf. „Sorry, sorry. Es ist nur so, dass Dmitri dieses Tattoo über seinem Herzen hat, und der magische Pathologe hat gesagt, dass das Symbol mit einem Fluch verbunden ist. Und ich wusste, dass ich dieses Zeichen schonmal gesehen habe, konnte mich aber nicht erinnern, wo."

„Und jetzt erinnerst du dich", sagte er – allerdings klang er deutlich weniger begeistert darüber als ich.

„Ja. Und ich sollte wahrscheinlich …"

„Gehen", ergänzte er und trat einen Schritt zurück. „Richtig." Er räusperte sich und begann mühsam, die Knöpfe seines Hemdes wieder zu schließen.

„Tut mir leid", sagte ich. „Aber wenn es das ist, was ich denke, dann ist es wirklich ziemlich dunkle Magie, und je schneller ich das klären kann, desto besser."

„Kommst du zurück?"

Seinen schmerzvollen Gesichtsausdruck konnte ich nicht ganz deuten. „Du meinst ins Franco's?"

„Nein. Zu mir."

Mein Herz fühlte sich plötzlich bleischwer an. „Natürlich. Donovan, ich habe dir doch gesagt, dass ich nirgendwo hingehe."

Er nickte und lehnte sich dann mit dem Rücken gegen die Wand neben mir. „Ich dachte, du wärst längst weg. Ich dachte, als ich gegangen bin, würdest du es als Zeichen sehen, dass du ohne mich besser dran bist."

Ich drehte den Kopf zu ihm. „Wolltest du mich vertreiben?"

Er erwiderte meinen Blick. „Natürlich nicht. Ich habe dir doch gesagt, dass ich nicht gehe. Aber machen wir uns nichts vor – wir wissen beide, dass es nur eine Frage der Zeit ist, bis ich irgendwas tue, das dich endgültig vertreibt."

„Hey", flüsterte ich und legte ihm eine Hand an die Wange. „Wenn du wirklich irgendwas tun könntest, das mich vertreibt, glaubst du nicht, ich wäre längst weg?"

Er kniff die Augen zusammen. „Das klingt ein bisschen so, als würdest du sagen, ich sei schwer zu ertragen."

„Bist du auch." Ich stieß mich von der Wand ab, trat vor ihn und küsste ihn sanft auf die Lippen. „Aber später machst du das immer wieder wett."

Dann drehte ich mich um und ging. Ich musste Abstand zu ihm bekommen. Nicht nur aus Gründen des öffentlichen Anstands, sondern weil ich mich noch nie in meinem Leben so zerrissen gefühlt hatte.

Ich konnte Donovan niemals verlassen, oder? Es war nicht so, dass ich es wollte – aber selbst, wenn ich es gewollt hätte, konnte ich es jetzt nicht mehr. Er war so verletzlich.

Und sexy. Verdammt sexy.

Doch als ich auf dem Weg nach Erin Park am Fulcrum-Brunnen vorbeikam, überkam mich ein seltsames Gefühl.

Es war, als würde das offene Portal nur wenige Meter hinter mir schweben, jeden meiner Schritte verfolgen und mir zurufen, ich solle mich umdrehen und springen.

Kapitel Neunzehn

„Ich schwöre, ich habe nicht zugesehen", waren die ersten Worte aus Dmitris Mund, als er einen Moment später erschien.

„Spanner", murmelte ich. „Wenn du nicht zugesehen hast, woher wusstest du dann, dass es passiert ist?"

„Okay, ich habe das Ende mitbekommen, aber das war keine Absicht. Ich sage dir, Nora, du steckst ganz schön tief drin mit diesem Typen."

Ich funkelte ihn an. „Du steckst auch tief drin – in Einhornäpfeln. Warum hast du mir nicht die Wahrheit über die Tätowierung gesagt?" Ich stapfte weiter auf Greggory O'Learys Haus zu, während er hinter mir herschwebte.

„Was meinst du?"

„Es ist ein Fluch!"

„Ach so, das."

„Du fandest es also nicht erwähnenswert, dass die Tätowierung über deinem kaputten Herzen, von dem wir gerade herausgefunden haben, dass es dich magisch an etwas in der physischen Welt bindet, das Ergebnis eines Fluchs ist? Und noch dazu eines dunklen Kobold-Fluchs, wenn ich mich nicht irre. Jeder weiß, dass ihre Flüche die unerbittlichsten sind."

Er verzog das Gesicht zu einem verlegenen Grinsen. „Es schien mir nicht relevant."

Ich blieb stehen und wirbelte zu ihm herum. „Es schien dir nicht relevant? Hast du zufällig erst nach dem Tätowieren von deiner mysteriösen Herzkrankheit erfahren?"

„Ja, aber –"

„Ich will die wahre Geschichte hören, Dmitri. Hör auf, meine Zeit zu verschwenden. Ich versuche doch, dir beim Hinübergehen zu helfen!"

Er öffnete den Mund, und dabei bemerkte ich eine Eule, die aus dem Abendhimmel herabschoss, auf einer Poststange landete und die Glocke läutete.

Schließlich sagte er: „In der Nacht, als Sasha vorbeikam und sagte, sie sei endgültig mit Darius fertig, wollte ich ihr glauben. Nicht nur meinetwegen, sondern auch ihretwegen. Ich wollte, dass sie von ihm loskam."

„Das kannst du dir sparen", fuhr ich ihn an. „Denk dran, mit wem du redest. Du musst nicht so tun, als wären deine Entscheidungen aus irgendwas anderem entstanden als aus Egoismus und dummen Entscheidungen. Ich weiß genau, wie das läuft. Wenn es um Romantik geht, bin ich darin praktisch die Königin." Vielleicht ging ich etwas hart mit mir ins Gericht, aber hey – es fühlte sich großartig an.

„Na schön", sagte er. „Ich wollte dafür sorgen, dass sie nie wieder zusammenkommen, weil ich es so satt hatte, immer nur zweite Wahl zu sein. Ich wollte ihre erste Wahl sein. Und nach jener Nacht bei mir hat der Gedanke, dass sie irgendwann wieder zusammenfinden könnten, mir fast das Herz herausgerissen. Also habe ich gehandelt, nachdem sie gegangen war."

„Was meinst du? Den Fluch?"

„Ja. Ich bin zu Greggory gegangen und habe ihn gebeten,

mir bei einem Ritual zu helfen. Als ich ihm gesagt habe, worum es ging, hat er sofort abgelehnt. Er meinte, mit Liebesmagie herumzuspielen sei mehr, als sein Magen ertragen könne. Es sei eine Sache, jemandem einen kleinen Verwirrungszauber aufzulegen, damit wir ein bisschen Schnaps hinter der Bar im Sheehan's klauen konnten, aber was ganz anderes, einen Fluch dieses Ausmaßes gegen eine andere Person zu richten.

„Ich habe damals das Konzept von Dauerhaftigkeit nicht verstanden. Ich war neunzehn! Für mich fühlte sich ‚für immer' gleichzeitig lang und kurz an. Ich konnte nicht einmal zwei Tage vorausdenken, geschweige denn zwei oder zwanzig Jahre. Also habe ich auf dem Weg aus seinem Haus eines seiner Bücher mitgehen lassen."

Ich nickte. „Das mit dem Symbol auf dem Buchrücken."

Seine Augenbrauen schossen hoch. „Du hast es gesehen?"

„Als ich mit ihm gesprochen habe, ja. Ich habe einen Blick auf sein Bücherregal geworfen, aber das Symbol hat mir zu dem Zeitpunkt nichts gesagt. Erst jetzt ist es mir wieder eingefallen."

„Und deshalb marschierst du gerade zu seinem Haus und willst seine Tür eintreten?"

„Ganz genau."

„Er hatte nichts damit zu tun. Das war alles ich. Ich habe das Buch genommen, bin nach Hause gegangen und habe den Fluch selbst ausgeführt. Danach habe ich es zurückgebracht, bevor er überhaupt bemerkt hat, dass es fehlte. Es dauerte fast ein Jahr, bis er herausgefunden hat, was ich getan habe. Und du solltest wissen, dass er mich dafür ordentlich vermöbelt hat."

„Ich werde ihn nicht anschreien", sagte ich und ging weiter. „Ich hole mir einfach das Buch. Wenn du jemals weiterziehen willst, müssen wir diesen Fluch aufheben."

Er schwieg einen Moment, dann sagte er: „Scheint sinnvoll.“

Ich wusste, ich sollte mich aus dieser Situation heraushalten. Schließlich war es Arbeit. Aber Fänge und Klauen, ich hatte ihn inzwischen irgendwie gern, und obwohl ich wusste, dass man Geistern nicht einfach glauben durfte, nagten seine Lügen und sein Verschweigen der Wahrheit an mir. Also musste ich ihn fragen: „Wusstest du die ganze Zeit, dass genau das dich hier festhält?“

„Nein. Wirklich nicht. Das ist die Wahrheit! Ich habe nie nachgelesen, welche Folgen der Zauber hat. Ich war damals ein Idiot, wie ich schon gesagt habe. Und ein paar Jahre später hatte ich sowohl Sasha als auch Darius verziehen, und ich dachte, damit sei die Sache erledigt. Klar, die Tätowierung war noch da, aber für mich war es einfach nur eine Erinnerung daran, wie schnell der Groll, von dem wir glauben, er würde ewig halten, verschwinden kann. Ich habe wirklich keine unerledigten Angelegenheiten mehr mit ihnen.“

„Doch, hast du. Was auch immer in diesem Fluch steckt – es ist mächtige Magie, und sie hält dich hier fest, bis sie aufgehoben wird.“

Trotzdem war ich versucht, ihm zu glauben. Aber wäre ich ein Idiot, wenn ich ihm das jetzt abnahm, nachdem er zuvor so viel verschwiegen hatte, nur, um sein Ego zu schützen?

Wir erreichten O'Learys Haus und gingen die Stufen zur Veranda hinauf, doch bevor ich klopfen konnte, sagte Dmitri: „Was wirst du tun, wenn ich weg bin?“

Seine Frage überraschte mich. „Wahrscheinlich dasselbe wie immer.“

„Nein, ich meine wegen Donovan und Tanner. Was wirst du tun?“

„Ich habe Donovan versprochen, dass ich bleibe.“

„Also bleibst du bei ihm, bis Ted euch scheidet, nur weil du ihm unter Druck ein Versprechen gegeben hast? Was ist mit deinem eigenen Glück?"

Ich zischte: „Du glaubst, ich kann mit Donovan nicht glücklich sein?"

„Nicht, solange du weißt, dass Tanner da draußen ist, nur ein Portal entfernt."

„Ist er aber nicht." In den letzten zwanzig Minuten hatte sich etwas in mir verschoben, und die beste Lösung für meine Probleme war mir plötzlich klar geworden und hatte sich in meinem Kopf festgesetzt. „Denn ich werde das Portal schließen."

Dmitri sah mich mit einem Blick an, der fast mitleidig wirkte. „Du glaubst, du gehst einfach zum Grafen und bittest ihn, es zu schließen ... und er macht das?"

„Nein. Ich weiß, dass er das nicht tun wird."

„Dann willst du also in sein Schloss einbrechen und es schließen?"

„Natürlich nicht."

„Wie willst du es dann schließen?"

„Ich weiß es noch nicht, okay?"

Die Tür schwang plötzlich auf, und das Licht der Lampe in Greggory O'Learys Hand blendete mich für einen Moment.

„Fänge und Klauen", zischte ich und hob die Hand vor meine Augen.

„Hätt' ich mir ja denken können, dass Sie hier draußen stehen und auf meiner Türschwelle mit niemandem reden", sagte der Kobold und senkte die Lampe. „Oder reden Sie mit jemandem, den ich nicht sehen kann?" Als ich wieder sehen konnte, bemerkte ich, dass er einen heidegrünen Bademantel trug und eine flauschige orangefarbene Nachtmütze, die schlaff über seinem rechten Ohr hing. Die Dämmerung war gerade erst hereingebrochen. So früh ins Bett zu gehen wirkte seltsam, aber nun ja – wer war ich, darüber zu urteilen? Ich stritt mich schließlich mit einem Geist auf seiner Türschwelle.

„Mit jemandem, den Sie nicht sehen können.“

„Dmitri?“

„Ja.“

O'Leary drehte sich um, bedeutete uns, ihm ins Haus zu folgen, und ich schloss die Tür hinter uns.

Er stellte die Lampe auf den Tisch und zündete dann einige Kerzen in den Wandhaltern an, die aus seinen moosbewachsenen Wänden ragten.

„Die Augen sind nicht mehr das, was sie mal waren“, sagte er. „Wenn man in jungen, leicht beeinflussbaren Jahren zu viel Draíolc praktiziert, passiert das. Es dimmt das Licht. An einem hellen Tag sehe ich ganz ordentlich, aber sonst … Na ja, so läuft das nun mal. Als junge Leute halten wir uns für unsterblich und glauben, die Rechnung würde nie kommen. Und dann kommt sie doch – immer wieder, mit Zinsen obendrauf. Soll ich Tee machen?“

„Ich hätte lieber einen Whiskey.“

Er nickte und zwinkerte mir zu. „Richtige Antwort.“

Er griff nach einer Flasche und zwei Tonbechern aus dem Regal neben seinen Büchern und brachte sie herüber.

Ich kippte den ersten Schluck schnell hinunter, und er schenkte mir nach. „Also, was wollen Sie?“

Ich stand auf und ging zu seinen Büchern hinüber. „Können Sie mir was dazu sagen?“ Ich fand das Symbol auf dem Buchrücken und zog das Buch heraus, um es ihm zu zeigen. „Worum geht's in diesem Buch?“

„Flüche.“

„Genauer?“

„Liebesflüche. Die gefährlichste Sorte, die es gibt.“

Ich wusste, ich sollte diese Behauptung nicht infrage stellen. Ich hatte selbst gesehen, welches Chaos entstehen konnte, wenn Liebe außer Kontrolle geriet – damals, als Cassie, der Archetyp nach Eastwind gekommen war und alte Romanzen wieder hatte aufleben lassen. Ansel hatte Glück gehabt, dass er nach dem, was er in diesem Rausch getan hatte, nicht in Ironhelm gelandet war.

„Und das auf dem Buchrücken?"

„Ah, also setzen Sie die Teile zusammen. Das ist der Lamora-Knoten. Das wohl bekannteste, aber auch am meisten missverstandene und gefährlichste Symbol dieser Art."

Ich starrte es an. „Warum sollte jemand es dann auf den Einband drucken? Kommt mir ein bisschen leichtsinnig vor."

„Ist es auch." Er zuckte mit den Schultern. „Aber hübsch ist es trotzdem, oder?"

Ich seufzte. „Ja, irgendwie schon." Ich legte das Buch mit einem dumpfen Schlag auf den Tisch vor Dmitri. „Jetzt müssen wir nur noch herausfinden, wie man den Knoten löst."

Kapitel Zwanzig

Das Buch der Draíolc-Zauber hatte den Gegenfluch für den Lamora-Knoten nicht ohne Weiteres preisgegeben. Aber am Ende war auf O'Learys magisches Know-how Verlass gewesen, und mit einer Reihe von Beschwörungen und Zaubersprüchen hatte er das alte Buch dazu gebracht, das Heilmittel zu verraten. Die Seite, auf der einst die Anweisungen für den Fluch gestanden hatten, hatte sich widerwillig verändert – ich kann gar nicht genug betonen, wie widerwillig, auch wenn ich wirklich nicht erklären kann, woran man erkennt, dass ein Stück Papier widerwillig ist – und zeigte nun eine Beschreibung dessen, was getan werden musste, um den Schaden rückgängig zu machen. Besonders begeistert war ich von der Lösung nicht, aber über diesen unangenehmen Teil würde ich mir Gedanken machen, wenn es so weit war.

Nachdem dieser Teil erledigt war, dolmetschte ich für Dmitri, während er sich in O'Learys Wohnzimmer von seinem besten Freund verabschiedete. Es war kein rührender Abschied, wie ich ihn von Geistern inzwischen gewohnt war. Stattdessen war es kaum mehr als eine Bestandsaufnahme all der Orte in Eastwind, an denen Dmitri im Laufe der Jahre diverses Diebesgut vergraben hatte. Er gab O'Leary seinen Segen, alles auszugraben, was er für verkäuflich hielt, falls der Kobold jemals knapp bei Kasse sein sollte. Auf O'Learys Drängen hin versprach ich außerdem, niemandem zu erzählen, was ich gerade erfahren hatte. Der Mann – im Bademantel, mit Nachtmütze und allem Drum und Dran – sah ganz so aus, als wäre er bereit, mich einen Bluteid schwören zu lassen, und ich wette, dass er ein paar gute kannte.

Aber am Ende nahm er mich beim Wort, und Dmitri und ich traten hinaus in die schwindende Dämmerung.

„Warten Sie", sagte er.

Ich drehte mich gerade noch rechtzeitig um, um zu sehen, wie er aus meinem Blickfeld huschte und die Haustür offenließ. Einen Augenblick später erschien er wieder, etwas Langes in der Hand. Er hielt es mir hin, und zunächst war ich mir nicht sicher, was es war. Dann begriff ich.

„Wofür ist das?", fragte ich und nahm den Dolch entgegen. Die Scheide war aus dickem, steifem, geflochtenem Leder, dunkelgrün gefärbt, und aus ihr ragte ein glatter bronzener Griff.

„Um das Ritual zu vollenden. Um einen Knoten dieser Art zu durchtrennen, braucht man das richtige Messer. Ich vermute, der Sheriff wird es beschlagnahmen wollen, nachdem du es benutzt hast, also tu, was du tun musst, um es mir zurückzubringen. Es ist mehr wert als all der vergrabene Schnickschnack von Flint zusammen."

Ich versprach, mein Bestes zu tun, steckte den Dolch in meinen Hosenbund und verabschiedete mich ein letztes Mal von Greggory O'Leary.

Und dann machte ich mich auf den Weg nach Fluke Mountain.

„Du könntest ihm auch einfach einen Brief schicken, weißt

du. Dafür gibt es Eulen", sagte Dmitri, der neben mir herschwebte.

„Wir besuchen Darius noch nicht. Darum kümmern wir uns morgen."

„Wohin gehen wir dann?"

„Du wirst schon sehen."

„Ich fürchte, meine Energie für heute ist fast aufgebraucht."

„Dann wird es Zeit, tief zu graben. Du bist noch nicht fertig."

Zwanzig Minuten später bogen wir schließlich auf einen schmalen Fußpfad ab, und ihre Hütte kam in Sicht.

Jetzt begriff er, was der eigentliche Zweck unseres Marsches war. „Nein", sagte er. „Nein, nein, nein. Das ist absolut unnötig."

„Du musst mit der Sache abschließen, Dmitri. Und so, wie du über sie gesprochen hast, ist diese Tür noch mindestens einen Spalt offen."

Er rang sich die geisterhaften Hände, und ich bemerkte, wie eine davon für einen Moment verblasste und fast verschwand. Er hatte nicht übertrieben, als er gesagt hatte, seine Energie gehe zur Neige. „Aber was soll ich denn überhaupt sagen?"

Ich griff in meine Gesäßtasche und zog einen Stift und ein Stück Eulenpapier hervor, das ich aus O'Learys Haus hatte mitgehen lassen.

Was? Der Mann hatte den ersten Teil seines Lebens als Kleinkrimineller verbracht! Einen Stift und ein bisschen Papier an mich zu verlieren, war ja wohl das Mindeste, was sein Karma verkraften konnte.

„Wenn du bereit bist, kannst du mich benutzen, um es zu schreiben."

Er starrte mich entsetzt an. „Benutzen?"

„Ja." Ich griff in meinen Ausschnitt, zog den Staurolith-Anhänger hervor und nahm die Kette von meinem Hals. „Ich gehöre ganz dir. Du kannst sogar meine Energie benutzen."

Er kniff die Augen zusammen und sah mich durch die Dunkelheit an. „Du meinst ... ich soll von dir Besitz ergreifen?"

„Ja."

„Du vertraust mir wirklich, dass ich das tue?"

„Wahrscheinlich ist das ein gravierender Fehler, aber ja."

„Hm. Na gut, danke. Ich weiß das zu schätzen. Nach allem hätte ich nicht gedacht, dass du mir so weit vertraust."

Während ich mich nach einem guten Platz zum Sitzen umsah, sagte ich: „Ich vertraue nicht darauf, dass du mir alles erzählst, was du weißt, aber glaube ich, dass du von mir Besitz ergreifst und mich nie wieder loslässt? Oder mich über irgend-eine Klippe rennen lässt? Nein."

„Ich weiß nicht, wie man das macht."

Ich ließ mich auf einen großen Felsbrocken nieder und legte den Zettel auf meinen Oberschenkel. „Du wirst es schon herausfinden. Deinesgleichen hat dafür ein natürliches Talent."

Er fand tatsächlich heraus, wie es ging, und während er seinen letzten Brief an Sasha Fontaine schrieb, ließ ich meine Gedanken bei mir und las kein einziges Wort davon. Er ließ mich den Brief zusammenfalten und steckte ihn mir dann in die Tasche, bevor er sich aus mir zurückzog. Nicht, dass ich das geringste Bedürfnis gehabt hätte, ihn zu lesen. In so einem intimen Moment herumzuschnüffeln fühlte sich ... nun ja, mir fällt kein besseres Wort dafür ein als einfach nur widerlich.

Ich zog meinen Anhänger wieder über den Kopf und nickte. „Okay, bereit?"

„Ja. Eine Frage noch. Woher wusstest du Sashas Adresse?"

Wir traten auf ihre Veranda, und ich bin stolz, sagen zu können, dass ich von unserem letzten Halt gelernt hatte, nicht lautstark auf Türschwellen zu reden; diesmal sprach ich leiser, als ich sagte: „Ihre Tochter arbeitet für mich. Ich sehe diese Adresse jede Woche auf ihrer Abrechnung."

Es dauerte eine ganze Weile nach meinem Klopfen, bis sich die Tür öffnete, aber es war nicht Sasha, die mich anstarrte. Es war Greta. „Was machst du hier?", fragte sie mit der unbeabsichtigten, allgegenwärtigen Unhöflichkeit eines Teenagers, die mich insgeheim amüsierte. Dann wurden ihre Augen groß. „Oh nein, feuerst du mich?"

„Nein. Sollte ich?"

Sie schüttelte den Kopf, ohne den Blick von mir abzuwenden. „Auf keinen Fall. Meine Mom lässt mich all meine Bücher an der Mancer Academy selbst bezahlen. Ich brauche diesen Job."

„Super. Dann sind wir uns einig. Apropos deine Mom – ist sie zu Hause?"

Sie nickte nur einmal und rief dann über die Schulter: „Mom! Nora Ashcroft will mit dir sprechen."

Sasha, die offensichtlich gerade dabei war, den Abend ausklingen zu lassen, zog den Seidenkimono über ihrem Nachthemd enger um sich, als sie einen Moment später im Wohnzimmer erschien. Greta verschwand ohne ein weiteres Wort.

„Wie kann ich helfen?", fragte sie. Dann schnell: „Ist alles in Ordnung?"

Diesen alarmierten Blick kannte ich nur zu gut. Aber fairerweise muss ich sagen, dass ich gewissermaßen mit dem Tod arbeite. „Alles ist in Ordnung. Ich wollte dir nur was geben." Ich griff in meine Tasche und zog den Brief heraus. „Er ist von Dmitri." Ich reichte ihn ihr und sagte: „Lies ihn jetzt noch nicht."

Wollte ich ihr die Peinlichkeit ersparen, ihre Gefühle vor

mir zu zeigen? Aber natürlich. Ich kann durchaus sensibel und rücksichtsvoll sein, wenn ich mich bemühe.

Aber vor allem glaubte ich nicht, dass ich es ertragen würde, sie zusammenbrechen zu sehen. Es war ein langer Tag gewesen, und es kostete mich schon genug Kraft, selbst nicht in Tränen auszubrechen. Und weil in meinem Zeitplan für den Rest dieses endlosen Tages kein Platz für einen Heulkrampf vorgesehen war, musste das warten.

Sie nickte, warf aber trotzdem einen Blick auf eine Ecke des Briefs. Offenbar reichte schon der Anblick seiner Handschrift, um die Gefühle heraufzubeschwören und ihre Augen feucht werden zu lassen. „Du hast mit ihm gesprochen?"

„Ja."

Er sagte: „Sag ihr, dass ich hier bin."

Ich ignorierte ihn.

„Wirst du wieder mit ihm sprechen?"

„Ja."

„Sag ihm, dass es mir leidtut. Es hätte immer er sein sollen. Ich war nur so verletzt, dass er nie … Ich war verletzt, und ich wollte ihn verletzen."

Ich steckte die Hände tief in meine Hosentaschen. „Ja, Liebe kann so sein."

„Es tut mir leid", sagte sie und schniefte, während sie mit einem Finger unter jedem Augenlid entlangstrich, um die Tränen wegzuwischen. „Ich war nicht besonders nett zu dir. Ich hätte Greta nicht kündigen lassen sollen. Sie liebt diesen Job, und du bist immer nur freundlich zu ihr gewesen."

Oje! Ich kann gar nicht beschreiben, wie sehr ich genau das jetzt nicht tun wollte. „Mach dir darüber keine Gedanken", sagte ich. „Niemand vertraut mir. Verdammt, die meiste Zeit vertraue ich ja nicht einmal mir selbst."

Sie nickte, und ihr Blick fiel wieder auf den Brief. „Sag ihm, dass ich ihn immer geliebt habe."

Nun, an dieser Stelle sollte ich kurz anmerken, dass ich nur angenommen habe, Dmitri habe in seinem Brief was Schönes und Sentimentales geschrieben. Genauso gut konnte er ihr auch geschrieben haben, sie solle zur Hölle fahren. Er hatte mir nicht erzählt, was er geschrieben hatte. Ich hoffte, es war nichts in dieser Richtung, aber man weiß ja nie.

„Ich glaube, das weiß er", sagte ich. „Aber ich werde es ihm sagen."

Er schwebte schweigend neben mir, sagte kein Wort und starrte sie nur ein letztes Mal an.

„Dann lassen wir dich jetzt schlafen", sagte ich.

„Wir?"

Einhornäpfel!

„Äh, ja. Tut mir leid. Grim und ich. Er … äh … lauert nur irgendwo draußen im Schatten."

„Ach so, okay."

„Pass auf dich auf, Sasha."

Dmitri sagte, er brauche ein bisschen Zeit, um seine Energie wieder aufzuladen, und ich widersprach nicht, als ich die Treppe zu meinem Zimmer hinaufstieg. Die Tür stand offen, und Monster und Grim schliefen schon auf seinem Hundebett. Aber meine müden, unbeholfenen Schritte auf den Dielen weckten sie.

„*Wo warst du?*"

„Ich weiß gar nicht, wo ich anfangen soll. Können wir morgen darüber reden? Es war ein langer Tag."

„*Ich soll dir von Monster sagen, du sollst sie mitnehmen, wenn du durch das Portal gehst.*"

„Ich gehe nicht durch das Portal."

„*Das habe ich ihr gesagt.*"

„Ach so?"

„Ja. Ich habe ihr auch gesagt, dass das nichts bedeutet. Du wirst so oder so durch dieses Portal gehen."

Und jetzt wechselte ich zu unserer lautlosen Verbindung, um ein bisschen Privatsphäre vor der Lauscherin zu haben. *„Ich gehe nicht hindurch. Aber ich werde es schließen. Und ich brauche vielleicht deine Hilfe."*

„Du meinst meinen Schutz. Vor Malavic."

„Ganz genau. Aber wie gesagt – reden wir morgen darüber. Für heute habe ich keine Kraft mehr."

Ich schlüpfte in meinen Schlafanzug – das war immer ein bisschen seltsam mit Grim im Raum, auch wenn er völlig uninteressiert an meiner nackten Gestalt zu sein schien, da er selbst ja keine Kleider trug – und kroch dann ins Bett.

In dem Moment, in dem mein Kopf das Kissen berührte, fühlte es sich an wie der Startschuss zu einem Staffellauf. Mein Verstand raste los und übergab das Staffelholz von einem Rätsel zum nächsten. Ich kniff die Augen fest zu, aber das half nicht. Schließlich ergab ich mich der Aussicht auf eine quälende, schlaflose Nacht voller kreisender Bilder: Donovan, der mich hinter dem Franco's küsste, Sashas tränenfeuchte Augen, Dmitris Leichnam und – unauslöschlich in meine Psyche eingebrannt – mein letzter Blick auf Tanner, der Eva hinterherrannte, genau in dem Moment, als das Portal in den Deadwoods zu einem winzigen Punkt zusammenschrumpfte und verschwand.

Wie viel Zeit war vergangen – zehn Minuten? Drei Stunden?

Etwas Schweres ließ die Matratze einsinken, und obwohl es mich aus meinen kreisenden Gedanken riss, musste ich die Augen nicht öffnen, um zu wissen, was es war. Das Gewicht riesiger Pfoten verlagerte sich weiter das Bett hinauf, bevor es sich auf meine Beine fallen ließ. Grim seufzte tief. Und einen

Moment später zogen winzige, federleichte Füße die Decke straff, während Monster heranschlich, um sich an meine Brust zu kuscheln.

Sie verstießen ganz dreist gegen unsere vereinbarte Schlafordnung.

Aber sie waren so kuschelig ...

Also tat ich so, als wäre ich schon eingeschlafen.

Und einen Moment später war ich es wirklich.

Kapitel Einundzwanzig

Am nächsten Tag nahm ich mir frei, rief gleich früh am Morgen Bryant an und bot ihm eine ganze Goldmünze an, damit er für mich einsprang. Da ich seine Chefin war, hätte ich ihm auch nichts extra zahlen und ihm einfach sagen können, er solle es machen, und er hätte es tun müssen. Aber das hätte später nur Probleme verursacht, also war es mir das wert, ihn für seine Mühe zu bezahlen.

Eigentlich hätte es sich großartig anfühlen sollen, einen Tag fern von den Forderungen und Beschwerden der Medium-Rare-Kundschaft zu haben. Ungeplante freie Tage waren normalerweise meine liebsten. Die Welt lag mir zu Füßen und so weiter. Aber nicht an diesem Tag. Wenn überhaupt, fühlte sich die Welt eher an wie eine dieser Austern, an denen man innerhalb von achtundvierzig Stunden nach dem Essen stirbt.

Es war ein milder Sommermorgen und wäre in einem anderen Zusammenhang ziemlich schön gewesen. Der Himmel war zartblau, und gelegentlich trieben Wattebauschwolken darüber hinweg. Am Straßenrand standen Sonnenblumen in voller Blüte, und Vögel zwitscherten und flatterten von Baum zu Baum.

Und ich war auf dem Weg, ein Stück Fleisch meines neuesten Freundes zu entfernen.

Dmitri, der neben mir herging, schien sich von dem, was das Ritual erforderte, überhaupt nicht beunruhigen zu lassen. Die Zeit allein zum Aufladen hatte ihm offenbar geholfen, seine letzte Begegnung mit Sasha zu verarbeiten, und in seinem Schweben lag eine Portion zusätzlicher Schwung.

Grim trottete auf meiner anderen Seite entlang und wirkte dabei ziemlich steif und unbeholfen. Das verbotene Kuscheln hatte ihm wohl einen steifen Rücken beschert.

Ich wandte mich Dmitri zu. „Du bist überhaupt nicht nervös?"

Er verzog die Lippen und zuckte mit den Schultern. „Nein. Warum sollte ich?"

Ich hasste es, das überhaupt anzusprechen, wenn er selbst noch nicht daran gedacht hatte, aber meine Neugier war schneller als mein Verstand. „Weil du nicht weißt, was als Nächstes kommt. Sobald der Knoten durchtrennt ist, gehst du hinüber."

„Stimmt. So läuft das wohl. Weißt du, was als Nächstes kommt?"

Ich wünschte, ich wüsste es. Aber gleichzeitig war ich froh, dass ich es nicht wusste. „Ich habe nur hier und da was darüber gehört, also weiß ich es nicht mit Sicherheit. Wobei ich aus persönlicher Erfahrung sagen kann, dass ich davon abraten würde, im Zwischenreich zu bleiben, um eine Geliebte aus einem früheren Leben aufzuspüren, wenn sie ins nächste Leben eintritt. Das lohnt sich nicht."

Sein Mund stand einen Spalt offen, und er zog eine Augenbraue hoch. „Das hast du gemacht?"

„Nein, aber ich war die frühere Geliebte, die damit

konfrontiert wurde. Und glaub mir, dieses Ausmaß an Stalking ist wirklich unübertroffen."

Er lachte, und ich wusste sofort, dass ich es vermissen würde, wenn es nicht mehr da war. „Du musst in einem früheren Leben eine Göttin gewesen sein."

Ich verzog das Gesicht. „Mit ziemlicher Sicherheit kann ich dir sagen, dass ich das nicht war. Zumindest nicht in den letzten fünf."

„Dann eben weiter zurück. Das ist die einzige mögliche Erklärung."

„Wofür?"

„Vielleicht warst du eine Göttin der Liebe oder der Lust oder der Besessenheit, und deshalb jagen dir mehr Männer hinterher, als du verkraften kannst."

„Igitt", sagte ich. „Erspar mir das. Nein, die wahrscheinlichere Erklärung ist, dass ich schlechte romantische Entscheidungen treffe."

Er nickte ernst. „Ja, das ergibt auch Sinn."

Wir traten in die kühle Luft des Sheriff's Department, wo die anderen bereits warteten. Stu Manchester unterhielt sich leise mit Sheriff Bloom und Jingo, und Darius Pine saß auf einer der wackligen Bänke im Wartebereich und strich sich immer wieder mit der Hand durch die Haare, während er zu Boden starrte.

Das Geräusch, als Grim und ich eintraten, lenkte ihre Aufmerksamkeit auf uns, und Bloom kam nach vorn, um uns zu begrüßen. „Gut. Du hast ihn mitgebracht, oder?"

„Schien nur fair, ihn mitkommen zu lassen."

„Und er wird nicht versuchen, es zu verhindern?"

„Nein, er ist bereit, den nächsten Schritt zu gehen."

Sie nickte. „Er könnte seine Meinung ändern, und wenn das passiert, erwarte ich, dass du dich darum kümmerst, damit wir die Zeremonie abschließen können."

„Meine Güte", schnaubte Dmitri, „was muss ein Mann tun, dass ihm jemand hier ein bisschen Vertrauen entgegenbringt?"

Aus dem Mundwinkel murmelte ich: „Offenbar keine dunklen Kobold-Flüche auf Darius Pine wirken."

Er verdrehte die Augen. „Das war ein einziges Mal. Ich habe es nur ein einziges Mal gemacht!"

Ich konnte mir das Lachen nicht verkneifen. Es war wirklich schade, dass ich ihn im Leben nicht gekannt hatte, aber so lief es manchmal. Das Leben verlief manchmal einfach nicht so, wie man es sich wünschte, und alles hatte einen kleinen traurigen Beigeschmack.

Und um ehrlich zu sein, machte ich mir Sorgen darüber, was passieren würde, sobald wir die Bindung lösten. Wohin würde er gehen, und würde es angenehm sein?

Die Fragen würden endlos weitergehen, wenn ich es zuließe. Und langsam begann ich zu glauben, dass das einen klaren Grund hatte. Ungewissheit kann manchmal gesund sein.

Bloom führte uns hinunter in den Untersuchungsraum, in dem Dmitris Leichnam wartete.

Grim jaulte kurz auf, noch bevor wir den Raum betraten, und ich wirbelte herum, um nach ihm zu sehen. Sein Schwanz klemmte zwischen den Beinen, und er ließ den Kopf hängen. *„Nur Seitenstechen. Muss wohl falsch geschlafen haben."*

„Geht's ihm gut?", fragte Darius. Er wirkte nervös, angespannt, und an seinem Gesichtsausdruck war deutlich zu erkennen, dass Grims plötzliches Geräusch in seinem Zustand mehr als unerwünscht war.

„Ja. Ich glaube, er hat letzte Nacht einfach komisch geschlafen. Er sagt, es geht ihm gut." Ich schlug vor, dass Grim vor dem Untersuchungsraum warten sollte, und er stimmte ohne zu zögern zu.

Unsere Gruppe versammelte sich um den Leichnam auf

dem Tisch, und Bloom übernahm die Ehre, das Laken gerade weit genug herunterzuziehen, um die Tätowierung freizulegen. Er sah trotz der vergangenen Zeit nicht wesentlich schlechter aus, und, beim heiligen Wandler, war ich dankbar für diese kleine Gnade! Das hier würde ohnehin schon unangenehm genug werden, und ein verwesender Körper hätte die Sache nicht gerade besser gemacht.

Und dann sahen alle mich an.

Ach, richtig. Ich war die Einzige, die das Ritual kannte — abgesehen von dem Geist, den sonst niemand sehen konnte.

Ich griff in meinen Hosenbund, wo ich den Ritualdolch verstaut hatte, den O'Leary mir am Abend zuvor geliehen hatte. Ich zog ihn aus der Scheide und bot ihn Darius an. „Der Fluch ist an dich gebunden, also musst du schneiden."

„Das ... schneiden?" Sein gebräuntes Gesicht bekam einen grünlichen Stich. Für einen Ermittler und Anführer der Werbären wirkte er erstaunlich zimperlich.

„Ja. Ich erkläre es dir, während wir das machen."

Er nickte und nahm den Dolch. „Und das ... du bist sicher, dass das der Grund ist, warum ich in der Liebe so viel Pech habe?"

„Es ist definitiv ein großer Teil davon."

„Und sobald wir diese Verbindung durchtrennen, werde ich nicht mehr alles mit Frauen vermasseln?"

„Das kann ich dir nicht versprechen. Ich meine, du musst immer noch nett und interessant sein. Aber dann hält dich kein Fluch mehr zurück. Wenn du es dann vermasselst, liegt es ganz allein an dir."

Darius Pine nickte und sagte dann: „Was soll ich tun?"

Ich erklärte ihm Schritt für Schritt, was er tun musste, bevor er anfing, erwähnte aber den letzten Schritt — den mit dem Dolch — nicht, weil ich fürchtete, dass er sonst gar nicht erst anfangen würde.. Ich reichte ihm den Zettel mit der

Beschwörungsformel darauf. Werbären waren von Natur aus keine Magieanwender, aber mit den richtigen Zaubern und Werkzeugen konnte im Grunde jeder sowas durchführen.

„Noch Fragen?", fragte ich.

„Nein." Er trat vor und schlug den Dolch durch die Luft zwischen seinem Herzen und Dmitris – einmal, zweimal, dreimal. Dann begann er, die Worte langsam und sorgfältig vom Blatt abzulesen.

Während er sprach, warf ich einen Blick auf den Geist des Verstorbenen, um seine Miene zu deuten. Seine Augen waren auf sein eigenes Gesicht gerichtet.

„Was ist?", fragte ich ihn.

Dmitri runzelte die Stirn. „Ich will mir nur merken, wie ich ausgesehen habe. Vielleicht ist das eitel, aber ich will mich selbst in Erinnerung behalten, auch wenn ich hinübergehe. Ich will nicht alles verlieren, was ich in diesem Leben gelernt und erlebt habe. Ich will nicht, dass meine Erinnerung einfach ins Nichts verblasst."

Ich wusste nicht, was ich sagen sollte. Ich wollte ihm versichern, dass das nicht passieren würde, aber ich hatte das Gefühl, dass es doch so sein würde – besonders, wenn er in ein anderes Leben überging. Und seltsamerweise vermutete ich, dass gerade dieses Vergessen vielleicht die größte Gnade war, die wir je erfahren können: uns selbst ganz zu vergessen, unser Selbstgefühl zu verlieren – unsere Eitelkeit, Identität, unser Ego, Über-Ich – und einfach zu nichts zu werden. Und zu allem. Zumindest so lange, bis die Zeit kam, wieder von vorn anzufangen. Neu zu beginnen.

„Wir werden uns an dich erinnern", sagte ich. „Ich werde mich an dich erinnern. Selbst wenn du dich selbst vergisst, werde ich wissen, wer du bist. Das tun Freunde."

Darius beendete das Aufsagen der Worte und sah vom Zettel auf. „Okay, war's das?"

„Noch nicht", sagte ich und machte mich innerlich bereit, den letzten unangenehmen Teil zu erklären. „Es gibt noch einen Schritt."

„Und der wäre?"

„Der Dolch. Du musst das Mal aus ihm herausschneiden."

Darius' Gesicht verzog sich angewidert. „Und was mache ich dann damit?"

„Verbrennen. Das Herausschneiden schickt ihn auf den Weg, und das Verbrennen schließt die Tür hinter ihm. Laut dem Buch kann er danach nie wieder zurückkehren."

Ich spürte Darius' Zögern tief in meiner Brust. Es war diese typische Energie, die Leute ausstrahlen, wenn sie plötzlich mit dem Konzept von für immer konfrontiert werden.

„Keine Sorge", sagte ich. „Du tust ihm damit einen Gefallen."

Mit vor Ekel verzogener Miene beugte sich Darius über den Leichnam und setzte die Klinge auf die Haut.

Die Einzelheiten erspare ich Ihnen. Vor allem, weil ich sie nicht gesehen habe. Ich hatte keinerlei Bedürfnis zuzusehen, und außerdem lenkte Dmitri mich davon ab.

„Danke", sagte er. „Ich schulde dir was."

„Nach all deinen Ratschlägen – die ich übrigens tatsächlich befolgt habe – sind wir wohl quitt."

„Wirst du auf Sasha aufpassen?"

„Ich glaube nicht, dass ich das muss." Ich nickte in Darius' Richtung, der sich so sehr auf seine Aufgabe konzentrierte, dass seine Zunge zwischen den Lippen hervor spähte.

„Der da?", sagte Dmitri. „Du glaubst, der kann sich um sie kümmern?" Er seufzte, und seine Gestalt begann schnell zu verblassen. „Dann muss ich ihm wohl vertrauen."

„Ich werde dafür sorgen, dass er nichts allzu Dummes anstellt."

„Ich schätze, mehr kann ich nicht verlangen. Vor allem,

wenn man bedenkt, dass es meine eigene Dummheit war, die uns in diesen Schlamassel gebracht hat."

„Nimm's nicht so schwer."

„Warum nicht? Es wird nicht lange dauern."

Dmitri war kaum mehr als eine Fata Morgana. Darius war fast fertig.

„Gute Reise", sagte ich unbeholfen. Nicht gerade mein übliches Abschiedswort, aber es rutschte mir einfach heraus. Was? Das war eine seltsame Situation, selbst für ein Medium. Ich war einfach nicht ganz bei der Sache.

Dmitris Stimme flatterte nur noch wie ein Hauch. „Gute Reise?"

„Das ist so ein Ausdruck aus meiner Welt. Ich meine … alles Gute."

Und dann hörte ich sein angenehmes Lachen zum allerletzten Mal. „Das gefällt mir. Dir auch eine gute Reise, Nora."

Und dann verschwand Dmitri Flint, Ostwindhexenmeister und mein neuester Freund.

Für immer.

„Muss ich das … anfassen?", kam Darius' Stimme.

Ich drehte mich wieder zum Leichnam um, und der grausige Anblick traf mich wie ein Eimer kaltes Wasser. Ich rümpfte die Nase. „Ich glaube nicht."

Bloom wies Stu an, ein Paar Handschuhe und einen kleinen Beweismittelbeutel zu holen, und der Deputy eilte zu einem kleinen Tisch hinüber und kam damit zurück. Und ein paar Sekunden später war es, wie man so sagt, erledigt – bis auf das Heulen.

Und, na ja, das Verbrennen des Fleisches. Aber ich hatte nicht vor, dabei anwesend zu sein.

Aus der Kühle des Untersuchungsraums hinaus in die heiße Sommerluft zu treten fühlte sich an, als hätte ich da unten ein Fieber überwunden. Oder vielleicht lag es daran, dass ich mich von Dmitri verabschiedet hatte.

Darius stand neben mir oben auf der Treppe, die auf die Straße führte. Er hielt eine kleine metallene Keksdose in der Hand, in der wir das blutige Hautstück mitsamt Tätowierung verstaut hatten (es war der einzige geeignete Behälter, den wir für den Beutel finden konnten, damit er es nicht sehen musste). Weder wir noch Grim machten Anstalten zu gehen. „Also, ich verbrenne es einfach?", fragte der Werbär.

„Ja. Verbrenn es und … vielleicht verstreust du seine Asche an einigen seiner alten Lieblingsorte. Vor Sheehan's Pub, bei den Rainbow Falls, am Fluke Mountain. Orte aus seinem Leben, an denen wir uns an ihn erinnern können, an denen Leute vorbeikommen können, wenn sie wollen."

Er nickte, und ich sah, wie seine Augen rot wurden.

„Er hat es nicht absichtlich getan", sagte ich. Dann fügte ich schnell hinzu: „Na ja, am Anfang schon. Ganz sicher sogar. Aber er wusste nicht, dass der Fluch noch existierte, nachdem ihr beide euch wieder vertragen hattet."

„Ja, so in etwa habe ich mir das gedacht. Er war der Typ, der einen wissen ließ, wenn er jemanden nicht mochte. Und ich habe gespürt, dass wir tatsächlich Freunde waren."

„Ich bin froh, dass du dich so an ihn erinnerst. Und tu mir einen Gefallen", fügte ich hinzu. „Zieh das hier nicht allein durch."

Plötzlich wirkte er hoffnungsvoll. „Du machst das mit mir?"

„Beim Höllenhund, nein! Auf keinen Fall." Ich ruderte etwas zurück. Es gab keinen Grund, ihn daran zu erinnern, wie unangenehm der Rest des Gegenfluchs noch werden würde. „Vielleicht fragst du Sasha, ob sie es mit dir zusammen macht."

Er starrte mich an. „Sasha? Du meinst Ansels Sasha?"

„Oder deine Sasha, ja. Sie."

Sofort wandte er den Blick ab und ließ ihn über die Aussicht schweifen, die sich von unserem Standort aus bot. „Sie wird das nicht wollen. Nicht mit mir."

„Ich habe guten Grund zu glauben, dass sie sich vielleicht auch an ihn erinnern möchte."

Auch das war wieder nur meine Annahme, dass Dmitri ihr in seinem Brief nicht ausdrücklich geschrieben hatte, sie solle einen Haufen Drachendung fressen.

Darius seufzte, und seine massige Schulter sackte ein Stück nach vorn. „Na ja, wenn man Grund hat, etwas zu glauben, finde ich, fragt man besser nicht nach dem Grund, sondern macht es einfach."

„Ich wünschte, es gäbe mehr Leute wie dich in Eastwind." Ich trat näher und legte den Arm um ihn, um ihn kurz zu umarmen.

Doch bevor ich mich wieder lösen konnte, fand ich mich fest in den kräftigen Armen des Werbären wieder. „Danke", sagte er in meine Haare. „Und wenn du jemals jemandem erzählst, dass du mich so emotional gesehen hast, sind wir keine Freunde mehr."

„Verstanden", murmelte ich in seine linke Brust.

Er ließ mich los, und dann trennten sich unsere Wege – er machte sich direkt auf den Weg nach Fluke Mountain, und Grim und ich steuerten unser nächstes Ziel an, um den letzten Rest Wahnsinn zu erledigen, der an meinem freien Arbeitstag noch auf mich wartete …

Kapitel Zweiundzwanzig

Grim blieb etwas zurück; der arme Kerl lief noch schiefer als zuvor, während Donovan und ich zum Widow Lake schlenderten, um Eastwinds liebenswertestem und einzigem Vampir einen kleinen Überraschungsbesuch abzustatten.

Donovan war allerdings nicht ganz überzeugt von meinem Plan. „Wir sagen ihm einfach, dass wir durch das Portal gehen wollen, und dann schließen wir es?"

„Ja, was soll daran so schwierig sein?"

„Äh, weißt du denn, wie man ein Portal schließt?"

Ich wedelte vage mit der Hand. „Ich habe eine ungefähre Vorstellung davon, wie das funktioniert ... irgendwie."

Er stöhnte. „Was soll das heißen?"

„Das heißt, ich habe darüber gelesen."

„Du hast darüber gelesen? Wann?"

Ich fühlte mich ein wenig schuldig, als ich antwortete: „Ende letzten Jahres. Ich habe vielleicht ein bisschen Zeit in der Bibliothek damit verbracht zu recherchieren, wie man eines öffnet."

Diese neue Information schien ihn allerdings nicht sonderlich zu beunruhigen. „Und da stand auch, wie man sie schließt?"

„Vielleicht? Aber ich fand es wenig sinnvoll zu lernen, wie man eines schließt, bevor ich gelernt hatte, wie man eines öffnet."

Je näher wir dem Stadtrand kamen, desto weniger Leute begegneten uns. Donovan sagte: „Ich nehme an, du hast nie herausgefunden, wie man eines öffnet, oder?"

„Nein, das habe ich nie geschafft. Aber ich habe viel über die Konzepte gelernt."

Er seufzte, und sein Kopf sank ein wenig. „Und du glaubst, das reicht, um –"

„Es ist deine Schuld, dass ich aufgehört habe!", fuhr ich ihn an. „Du hast mich mit deinem ganzen Silvestergerede über Neuanfänge abgelenkt, und ich dachte mir, vielleicht ist das Leben ganz ohne Portale besser."

„Wenn man bedenkt, was wir gerade vorhaben, kann ich dem nur zustimmen."

„Und genau deshalb machen wir das. Damit wir portalfrei weitermachen können!"

„Außer dem nach Avalon."

Ich nickte. „Und dem durch den Baumtunnel in den Deadwoods."

„Ach ja. Den dürfen wir natürlich nicht vergessen, oder?", sagte er und legte einen Arm um meine Taille. „Warum machen wir nicht gleich jetzt einen kleinen Ausflug in die Deadwoods? Wir könnten unsere Portal-Schließtechniken an dem dort üben."

Gar keine schlechte Idee – von der tödlichen Bedrohung der Deadwoods abgesehen.

„Vielleicht will ich das offen lassen", sagte ich.

„Warum das?"

„Ich habe ziemlich gute Erinnerungen an diese Klippe.

Vielleicht möchte ich sie irgendwann nochmal besuchen."

Er stöhnte leise und trat vor mich, um seine Lippen auf meine zu legen.

Natürlich log ich. Ich hatte absolut kein Bedürfnis, zu dem Ort zurückzukehren, an dem ein Dürredämon von mir Besitz ergriffen hatte, an dem Donovan beinahe gestorben wäre und wo der stechende Geruch von Grims Urin vermutlich noch immer in den Nasen aller Bewohner hing.

PTBS? Vielleicht. Ein bisschen Knutschen mit Donovan dort würde daran nichts ändern.

Aber sein Vorschlag warf eine gute Frage auf: Warum stürzte ich mich in das alles, bevor ich wirklich bereit war?

Die kluge Entscheidung wäre gewesen, mit Donovan zurück in die Bibliothek zu gehen und gemeinsam herauszu-finden, wie man ein Portal schließt. Bonuspunkte, wenn wir auch noch herausfänden, welche Konsequenzen es haben könnte, ein Portal zu schließen, nachdem die Natur sich bereits selbst wieder ins Gleichgewicht gebracht hatte.

Aber ich war unruhig. Nein, dieses Wort war nicht stark genug für das, was ich fühlte. Jede Faser meines Körpers fühlte sich an, als würde sie Beine bekommen und in eine andere Richtung rennen, wenn ich noch einen Tag wartete, um diese Entscheidung zu treffen. Oder schlimmer noch: Ich würde diese Option gar nicht wählen. Ich würde eine andere wählen. Diejenige, zu der ein großer Teil von mir mich seit dem Moment drängte, als Malavic mir das Portal gezeigt hatte.

In den letzten Tagen waren mir ständig Bilder durch den Kopf geschossen, in denen ich durch das Portal ging und wieder mit Tanner vereint war – Bilder, die meine Entschlos-senheit auf die Probe stellten.

Und die Tür hinter Dmitri zu schließen war eine Erleichte-rung gewesen, auch wenn es gleichzeitig wehgetan hatte. Es war, wie ein Pflaster abzureißen – ein kurzer, heftiger Schmerz, der überraschend schnell nachlässt, und man weiß, dass es besser ist, es hinter sich zu haben.

Das wollte ich auch. Das Portal zu schließen und mich sowohl von Eva als auch von Tanner zu verabschieden, wäre das Schwerste, was ich je getan hatte. Es würde furchtbar wehtun – ich konnte die Übelkeit und den Schwindel schon jetzt spüren – aber Donovan wäre bei mir, und es würde vorübergehen. Die schmerzende Wunde würde nicht weiter eitern. Ich würde sie aufschneiden und weitermachen.

War ich besorgt, dass wir das Portal vielleicht nicht schließen konnten?

Seltsamerweise nein. Denn ich hatte Vertrauen in meine Kräfte, besonders in meine Einsicht.

Und ich hatte Vertrauen in mich selbst, was alles andere als selbstverständlich war. Es hatte lange gedauert, bis ich an diesen Punkt gekommen war, aber ich hatte das Gefühl, dass in mir die Fähigkeit steckte, etwas so Schwieriges zu schaffen, und meine Einsicht würde mich Schritt für Schritt führen.

Oder zumindest war das die Theorie. Und vielleicht half auch ein Hauch Verzweiflung dabei, daran zu glauben. *Nimm mein Geld, Theorie! Nimm alles!*

Donovan und ich machten uns Hand in Hand auf den Weg die Halbinsel hinunter zum Schloss. Für die Situation war ich unerwartet ruhig. Aber vielleicht zeigte das nur, wie viel Angst in einer Situation schlicht daraus entsteht, dass man sich noch nicht entschieden hat, wie man handeln will.

Ich hatte mich entschieden, und deshalb schien alles andere unwichtig.

Ich hämmerte gegen die Haustür und versuchte dabei, Stus autoritäres Klopfen nachzuahmen. Wenige Minuten später öffnete Graf Malavic. Er sagte kein Wort, sondern starrte nur mit intensivem Blick auf uns drei herab, während er die Puzzleteile zusammensetzte.

Dann warf er den Kopf zurück und lachte.

„Seid ihr gekommen, um den Zauberer zu sehen?", fragte er.

Natürlich verstand nur ich die Anspielung. „Fast. Wir sind hier, um das Portal hinter dem Vorhang zu sehen."

„Ich wusste, dass du zurückkommen würdest", sagte er immer noch grinsend, „aber ich hätte nicht gedacht, dass du ihn mitbringst. Ist das so eine Art Pärchenurlaub? Ein Urlaub in eine andere Welt, um den Ex zu retten? Gewagt, aber ich urteile nicht. Ich wusste nur nicht, dass du darauf stehst."

Ugh. Je schneller wir das hier hinter uns brachten, desto besser. „Willst du uns jetzt reinbitten?"

„Ich glaube, du verwechselst hier, wer der Vampir ist."

„Das gibt es doch gar nicht", zischte ich. Dann fügte ich hinzu: „Oder etwa doch?"

„In deiner alten Welt schon, aber nicht hier."

„Die Regeln ändern sich von Welt zu Welt?" Für einen kurzen Moment geriet mein ohnehin vages Verständnis von Magie ins Wanken.

Doch der Graf sagte: „Natürlich nicht. Allerdings behaupten meine Artgenossen dort gern, dass das die Regel sei, weil das ein falsches Gefühl von Sicherheit erzeugt, das sie dann nach Belieben ausnutzen können."

Meine Güte! Wenn die Leute sagten, Sebastian Malavic sei einer der netteren Vampire, hatten sie vielleicht gar nicht so sehr übertrieben. „Der Trick funktioniert aber nicht. In meiner Welt glaubt niemand an Vampire."

„Vielleicht nicht in Texas" – er sprach das Wort aus, als wäre es ein Schimpfwort – „aber dort, wo ich mich aufhalte, schon."

Ich überlegte kurz, auf den Köder einzugehen, aber noch bevor ich fragen konnte, wo genau er sich aufhielt, sagte er: „Warum steht ihr noch da draußen? Kommt rein." Er trat zur

Seite, aber nicht besonders weit, sodass wir einzeln eintreten und viel zu nah an ihm vorbeigehen mussten.

Was für ein Widerling!

Er schloss die Tür hinter uns und führte uns dann zu der Treppe, die hinunter in das kerkerartige Arbeitszimmer führte.

Als wir die Treppe hinabstiegen, sagte Donovan: „Was passiert, wenn der Rest des Hohen Rats von deinem Portal erfährt? Oder glaubst du, sie werden es nie herausfinden?"

„Du gehst davon aus, dass sie es nicht längst wissen", antwortete der Graf über die Schulter. „Du gehst davon aus, dass ich nicht längst eine Vereinbarung mit ihnen habe, die mir erlaubt, es offen zu halten, damit ich einen Ort zum Jagen habe, und im Gegenzug halten sie es geheim und bekommen weiter meine finanzielle Unterstützung für ihre öffentlichen Programme."

„Unmöglich", sagte Donovan. „Siobhan Astrid und ich kennen uns seit Ewigkeiten. Sie würde da niemals mitmachen. Zumindest hätte sie mir davon erzählt."

„Es tut mir leid, derjenige zu sein, der dir mitteilt, dass du der Elfe nicht so nah stehst, wie du glaubst. Denn sie weiß davon. Aber offenbar ist sie klug genug, es nicht öffentlich werden zu lassen."

„Dafür benutzt du es also?", fragte ich. „Um in meine Welt zu gehen und Menschen zu jagen?"

„Natürlich. Aber keine Sorge. Ich suche mir nur freiwillige Opfer, und ich töte sie nie. Ich kann es mir nicht leisten, mehr von meiner Art zu erschaffen. Dann wäre ich für ihre Versorgung verantwortlich und müsste sie hierherbringen, und damit würde ich meinen geschätzten Status als Eastwinds schelmischster Vampir verlieren."

Diese neue Enthüllung verringerte meinen Wunsch, das Portal zu schließen, ganz sicher nicht.

Donovan, Grim und ich blieben stehen, als wir schließlich

unten an der Treppe ankamen. Doch Malavic ging weiter und riss ohne jede Umstände den Vorhang vor dem Portal zur Seite.

Das Licht flutete den dunklen Raum. Jenseits des Durchgangs war entweder spätes Morgengrauen oder früher Abend, und die Schatten des Baumes direkt davor streckten sich lang über den Boden.

Als ich schließlich den Blick davon lösen konnte, sah ich zu Donovan, der genauso gebannt darauf starrte.

Hatte er etwa Zweifel?

Ich war die ganze Zeit davon ausgegangen, dass es seinetwegen für immer geschlossen werden sollte. Sicher, es kam ihm zugute, wenn ich nicht mehr die einfache Möglichkeit hatte, zu Tanner zurückzukehren – aber bedeutete das, dass er hundertprozentig hinter dem Plan stand? Schließlich hatte er dieselben Menschen verloren wie ich. Auch ihm bedeuteten sie etwas.

Ich sah, wie er schwer schluckte, bevor er den Kopf zum Grafen drehte. „Wir gehen nicht hindurch. Wir sind hier, um es zu schließen."

Graf Malavic verzog das Gesicht zu einem spöttischen Lächeln. „*Natürlich* seid ihr deswegen hier. Ich wusste es in dem Moment, als ich euch vier vor meiner Tür stehen sah. Schade nur, dass ihr offenbar nicht alle derselben Meinung seid." Er schnalzte mit der Zunge. „Ihr hättet euch wirklich auf einen gemeinsamen Entschluss einigen sollen, bevor ihr gekommen seid."

„Du weißt nicht, wovon du redest", sagte ich. „Wir haben einen gemeinsamen Entschluss. Und wir sind nur zu dritt."

Er entfernte sich vom Portal und ließ sich in einen der nahe stehenden Stühle sinken. „Da irrst du dich. Ich habe vier unterschiedliche Blutgerüche wahrgenommen."

Hatte ich auf der Wache vielleicht etwas von Dmitris Blut abbekommen?

Ich hatte nicht lange Zeit, darüber nachzudenken, denn Grim jaulte auf und richtete sich auf seine Hinterbeine auf. In diesem Moment blieb mir der Atem in der Brust stecken, als ich den wahren Grund für sein Unbehagen erkannte. Er hatte keinen steifen Nacken – er hatte Monster, die an seinem Bauch hing und sich tragen ließ.

„Nein! Hör auf! Du hast es versprochen!", rief Grim.

Aus dem zotteligen Fell seines Bauches sprang der flauschige Albtraum hervor. Und sie raste direkt auf das Portal zu.

„Monster! Nein!", rief ich.

Aber auf mich hörte sie ohnehin nie. Nicht, wenn ihr Meister irgendwo auf der anderen Seite war.

So sieht echte Loyalität aus, tadelte eine strenge Stimme in meinem Inneren.

Grim sprang und packte sie im letzten Moment im Nackenfell, gerade, bevor sie hindurchschlüpfen konnte. Ich hätte vor Erleichterung aufatmen können, entschied mich aber stattdessen, meinen Atem dafür zu nutzen, meinen Vertrauten anzuschreien. *„Warum hast du sie mitgebracht?"*

Die Munchkinkatze strampelte, kreischte und schlug um sich, um sich zu befreien.

„Sie hat versprochen, nichts Unüberlegtes zu tun. Sie hat gesagt, sie will es nur sehen."

„Fänge und Klauen! Und du hast ihr geglaubt?"

„Natürlich nicht! Deshalb war ich bereit zuzuschnappen, sobald sie –"

Er jaulte erneut auf, als einer ihrer Hiebe ihn schließlich direkt unter dem Auge traf, und das reichte schon, damit sie sich loswinden und durch das Portal in eine andere Welt schlüpfen konnte.

„Süßes Baby-Jackalope!"

Ich stand wie angewurzelt neben Donovan. „Tu's nicht, Grim!" Ich vertraute dem Blick in seinen Augen nicht.

„Sie ist meine beste Freundin! Sie wird in weniger als einer halben Stunde gefressen! Ich muss!"

„Aber ich bin deine Hexe! Willst du sie wirklich mir vorziehen?" Endlich lösten sich meine Füße vom Boden, und ich stapfte auf ihn zu, klatschte in die Hände und rief: „Böser Hund!"

Er zog den Schwanz ein und senkte den Kopf.

„Du gehst nicht durch dieses Portal, hast du mich gehört? Sie hat ihre Entscheidung getroffen!"

„Und ich meine." Er sprang, und im selben Moment hechtete ich ihm hinterher – doch ich bekam nur eine Handvoll seines Fells zu fassen.

„Nein!", schrie ich. „Grim! Komm zurück!" Aber ich war mir nicht sicher, ob er mich überhaupt noch hören konnte.

Es war so schnell passiert. Wieder einmal. Mein Magen verkrampfte sich, als ich sah, wie er in der dichten Baumreihe verschwand. Mir war, als müsste ich mich übergeben. Mein Vertrauter hatte mich verlassen.

Sebastian Malavic gackerte wie ein Verrückter – und das zu Recht. Für jemanden, der ein ordentliches Desaster liebte, musste es sich anfühlen, als hätte er im Lotto gewonnen.

Eine hässliche Erkenntnis schlich sich ein: Ich konnte das Portal jetzt nicht schließen. Für immer von Tanner getrennt zu sein war schon schlimm genug, aber Grim? Ich war mir nicht einmal sicher, ob ich körperlich überhaupt absichtlich etwas tun konnte, das genau dazu führen würde. Die gleichen Systeme, die einer Hexe erlaubten, mit ihrem Vertrauten zu sprechen, mussten doch irgendeine Art Sicherheitsmechanismus besitzen, der verhinderte, dass wir uns nach unserer Bindung einfach so voneinander trennten.

Ich konnte nicht sprechen und starrte nur regungslos auf die Stelle, an der Grim eben noch gewesen war. Dann packten mich Hände, drehten mich herum, und ich blickte in Donovans endlose blaue Augen. „Du musst."

„Ich muss was?" Das Geräusch von Malavics wahnsinnigem Gekicher fühlte sich an wie ein glühender Schürhaken in meinem Kopf und machte es mir unmöglich, noch klar zu denken.

Aber als Donovan mich küsste, verstand ich, was er meinte. Der Kuss sagte alles – in einer Sprache, die ich unmöglich missverstehen konnte.

Wie hatte nur alles so schiefgehen können? So furchtbar, furchtbar schief? Ich hatte mich entschieden! Ich hatte einen Entschluss gefasst! Und jetzt war ich dabei, mich selbst zu überstimmen.

Ich wollte, dass der Kuss ewig dauerte, aber ich wusste, dass dem nicht so sein würde. Ich hatte nur nicht gedacht, dass er so schnell enden würde.

Er löste sich zuerst. „Ich liebe dich. Mehr, als ich je für möglich gehalten hätte. Und wir hatten mehr Zeit zusammen, als ich jemals erwartet habe. Ich würde nichts daran ändern."

„Du würdest nichts ändern?"

Er zögerte, gab dann aber zu: „Okay, vielleicht doch. Aber jetzt ist nicht der Moment, kleinlich zu werden, Nora. Ich versuche gerade, eine Rede zu halten."

„Stimmt. Entschuldigung."

„Du musst gehen."

„Du kommst nicht mit."

„Ich kann Gustav nicht zurücklassen."

„Ich weiß, wie sich das anfühlt."

Seine Arme zogen mich fester an sich. „Es gibt keine Möglichkeit zu wissen, wie das ausgeht, aber ich werde auf dich warten. Und falls du mich nicht mehr willst, wenn du zurückkommst ..."

Ich wollte nichts lieber, als ihm zu versichern, dass ich das immer noch tun würde, dass sich nichts geändert hätte.

Aber ich konnte nicht. Ich würde Tanner finden, und ich kannte mich selbst zu gut.

„Komm mit mir!", flehte ich.

„Ich kann nicht. Nicht jetzt. Ich hab' dir gesagt, warum." Er ließ meine Arme los und trat einen Schritt zurück. „Pass auf dich auf, Nora. Finde unsere Freunde und bring sie zurück."

Ich nickte und trat ebenfalls einen Schritt zurück, und es kostete mich all meine Willenskraft, den Blick von ihm loszureißen.

Dann warf ich Malavic noch einen letzten giftigen Blick zu, warf ihm einen unglaublich unhöflichen Ausdruck aus meiner Welt an den Kopf – von dem ich wusste, dass er ihn verstehen würde – und trat durch das Portal, um meinem vermaledeiten Höllenhund hinterherzujagen.

Epilog

DREI TAGE SPÄTER …

Der Truck wurde langsamer und kroch schließlich nur noch dahin, während seine Reifen Kies von der Straße aufwirbelten. Mein spontaner Chauffeur, Steve, nickte mir unter seinem Cowboyhut hervor zu. „Hier trennen sich unsere Wege." Seine Haut war von der Arbeit auf dem Feld gebräunt und faltig, und ich wusste inzwischen mehr über die tiefen Wurzeln seiner Familie im Süden, als mich eigentlich interessierte. Aber ihm zuzuhören war das Mindeste, was ich tun konnte, um mich für eine Mitfahrgelegenheit zu bedanken, die ich auf keine Weise bezahlen konnte. Und wie jede Frau weiß: Wenn man ihn bei Laune hält, bleibt man sicher.

Für jemanden, der schon einmal gestorben ist, habe ich einen ziemlich starken Überlebensinstinkt.

Als ich die Beifahrertür des Pick-ups öffnete, sprang die freche kleine Munchkinkatze von meinem Schoß und landete federleicht am Boden.

„Vergiss deinen Hund nicht", sagte Steve.

Ich zwang mich zu einem weiteren Lächeln. „Das könnte ich gar nicht, selbst wenn ich wollte."

Ich ging nach hinten zur Ladefläche und öffnete die Heckklappe.

„Wurde auch Zeit", sagte Grim, als er heruntersprang. „Ich glaube, bei der Fahrt haben sich ein paar Zähne gelockert. Benutzen die Leute hier diese Karren wirklich für alles?"

„Ist immer noch besser, als den ganzen Weg zu laufen", sagte ich.

Ich winkte Steve ein letztes Mal zu, als er davonfuhr und uns in einer Wolke aus Staub und Abgasen zurückließ.

„Wenn du zwei Stunden da hinten gewesen wärst, wo ich war, würdest du deine Meinung bestimmt ändern."

Der arme Kerl tat mir tatsächlich leid. Es war Mai in Süd-Louisiana, und obwohl die Sonne gerade untergegangen war, war es immer noch heißer als in einem Drachenmaul – und ungefähr genauso feucht.

„Kommt schon, ihr zwei", sagte ich, während Monster auf den Rücken ihres besten Freundes sprang. „Lasst uns Wasser und einen Platz zum Schlafen für die Nacht finden."

Ich hatte zwei Tage gebraucht, um Grim und Monster zu finden, und einen weiteren Tag, um eine Mitfahrgelegenheit bis hierher in den tiefen Süden aufzutreiben. Ich hatte keinen Ausweis, kein Handy und kein Geld. Und ich war todmüde, obwohl noch viele Meilen vor mir lagen.

Aber ich wusste, wo ich Eva finden konnte. Oder zumindest hatte ich eine ziemlich gute Idee, und das war besser als nichts.

Wir gingen die dunkle Straße entlang in Richtung Stadt und liefen still unter einem dichten Blätterdach von Bäumen hindurch. Ich kehrte dorthin zurück, wo alles begonnen hatte – an den Ort, an dem ich mich in einem Restaurant mit einem Mann gestritten hatte, den ich nicht besonders mochte. An den

Ort, den ich überstürzt verlassen hatte, als ich in der Nacht meines Todes durch den Regen gerast war.

Wir kamen an einem Schild vorbei, auf dem stand: *New Orleans 2 Meilen.*

Nicht mehr weit, und dann würde die Suche nach unseren verlorenen Freunden offiziell beginnen. ☾

Nora ist an einem Ort, von dem sie nie geglaubt hatte, dass sie ihn wiedersehen würde: in ihrer alten Welt. Wird sie Tanner und Eva finden und sie heil zurück nach Eastwind bringen? Lesen Sie *Big Trouble im Big Easy*.

Über die Autorin

Nova Nelson wuchs mit einer stetigen Diät aus Agatha-
Christie-Romanen auf. Sie liebt die süße Herausforderung von
Cozy-Krimis und webt, seit sie schreiben kann, paranormale
Geschichten. Diese beiden Leidenschaften kommen in ihrer
Eastwind-Hexen-Reihe zusammen, und es wurde auch Zeit,
wenn sie das selbst so sagen darf.
Wenn sie nicht gerade schreibt, genießt sie lange Spaziergänge
mit ihren eigensinnigen Hunden und isst Frühstück zum
Abendessen.

Schauen Sie vorbei und sagen Sie Hallo:
nova@novanelson.com

www.ingramcontent.com/pod-product-compliance
Lightning Source LLC
Chambersburg PA
CBHW022208050726

47590CB00002B/701